JN338645

와이카노

와이카노

김유원

위즈덤하우스

차례

와이카노 ·· 7
작가의 말 ·· 126
김유원 작가 인터뷰 ·· 127

1

 선희는 끝이 둥글게 휜 막대를 셔터에 걸친 후 아래로 죽 잡아당겼다. 먼지가 잔뜩 낀 셔터가 요란한 소리를 내며 내려왔다.

 ─ 퇴직금을 달라니, 말이 되는 소리를 해야 상대를 하지.

 선희는 막대를 벽기둥에 세우며 혼자 중얼거렸다. 그리고 반쯤 열린 셔터 아래로 상체를 집어넣고 플라스틱으로 된 분홍색 바구니에서 자물쇠를 꺼내 가게 문을 잠근 뒤 셔터를 마저 내렸다. 오후 4시. 아직 사람들이 한창 오가는 시장에서 문 닫은 가게는 선희가 하는 찬성칼국수뿐이었다. 재료가 떨어져서 닫는 것이었다. 하지만 선희는 제일 먼저 문제를 풀고 의기양양하게 수험장을 나가는 우등생처럼 재수 없어 보이지 않으려고 고개를 숙이고 가장 외진 길로 시장을 빠져나왔다. 시장을 완전히 벗어나 도로가에 있는 과일 가게와 신발 가게를 지날 즈음에야 고개를 들었다. 뜨거운 햇볕이 선희의 얼굴에 쏟아졌다. 호박잎처럼 넓적하고 푸른 잎들이 플라타너스에 잔뜩 매달려 있었고, 반소매를 입은 젊은 사람들이 얼음이 든 음료를 마시며 어디론가 가고 있었다. 5월 중순이었다. 아직 내복을 입고 걷던 선희의 콧등에 금세 땀방울이 맺혔다. 햇볕을 쬐고

운동을 해야 무릎이 덜 아플 거라는 의사의
말에 지난달부터 가게에서 30분 거리에
있는 집까지 걸어가고는 있지만, 새벽부터
오후까지 열 시간 넘게 서 있는데도 따로
운동을 해야 한다는 사실에 신경질이 나는
건 여전했다. 오늘은 2년 가까이 설거지와
서빙을 하고 있는 경숙이 이번 달까지만
일하고 그만둘 거라고 통보하면서 퇴직금을
요구해 더 신경질이 났다.

　　살다 살다 시장에서 아르바이트하면서
퇴직금 달라는 인간은 처음이네.

　선희는 인상을 쓰고 구시렁거리면서도
유튜브에 나온 물리치료사가 알려준 대로
가슴으로 미사일을 발사할 것처럼 어깨를
펴고 양팔을 흔들며 걸었다. 10미터 전방을
주시하며 발을 뒤꿈치부터 대면서 걸으려고
노력하는데, 마주 오던 양복 입은 남자가

손을 흔들며 아는 체했다. 구청에서 일하는 단골이었다.

— 퇴근하심니꺼?

남자의 인사에 선희는 구겨졌던 미간을 펴고 고개를 살짝 숙였다. 걷는 속도를 줄이진 않았다. 몇 미터 가지 않아 장바구니를 든 중년 여자가 또 아는 체했다.

— 장사 끝났어예?

이번에도 선희는 말없이 웃으며 고개만 숙인 후 계속 미사일을 발사하며 걸었다.

시장이 있는 동네를 벗어나 집이 있는 옆 동네에 들어서면 아는 체하는 사람이 줄었다. 아예 없는 건 아니었다. 27년 된 찬성칼국수의 단골은 대구 곳곳 어디에나 있었다. 저녁 먹으러 간 동네 식당 직원이 선희를 보고 아는 체하는가 하면, 며느리가 데리고 간 백화점 매장 직원이 인사를 건네 오기도 했다.

선희는 손님들의 아는 체가 반가우면서도 귀찮았다. 그래서 누군가 자기를 보고 고개를 갸웃거리면 얼른 얼굴을 돌렸다. 어디서 본 것 같다고 말 걸면 흔하게 생긴 얼굴이라고 둘러댔다. 혹시 찬성칼국수……? 하고 물어오면 그때는 어쩔 수 없이 맞아예, 하고 한두 마디를 나눴다. 손님 쪽에서만 선희의 얼굴을 아는 경우가 많았으므로 선희는 연예인이나 정치인처럼 낯선 사람의 인사나 악수 요청을 아무렇지 않게 받는 사람이 되었다.

선희의 집은 대로변에서 안쪽으로 한참 들어간 주택 밀집 구역에 있었다. 첫째인 찬성이 걸어 다니기 시작할 무렵 대출을 끼고 산 단층 양옥집이었는데, 1970년대에 지어져 멀쩡한 데가 없었다. 외풍이 심해 겨울에는 방에서도 입김이 나왔고, 마루로

된 거실 바닥은 걸을 때마다 삐거덕거렸다. 언젠가부터 쥐가 살기 시작해 천장과 마루 아래를 오가더니 나중엔 욕실 수챗구멍에서 튀어나와 사람을 기겁하게 했다. 게다가 욕실은 난방이 조금도 되지 않아 겨울엔 좀처럼 샤워할 엄두가 나지 않았다. 그래도 남편이 살아 있을 땐 남편이 쥐도 잡고 문풍지도 바르고 문제가 생기면 조금씩 수리해서 그럭저럭 살 만했다. 6년 전 겨울, 남편이 욕실에서 뇌출혈로 쓰러졌다가 수술한 지 일주일 만에 죽은 뒤로는 그 집에서 지내는 게 고역이었다. 남편이 서툰 솜씨로 짜깁기하듯 수리한 흔적들은 구질구질해 보였고, 쓰러져 있던 남편을 발견한 욕실은 문을 열 때마다 심장이 쿵쾅거렸다. 딸은 그 집을 팔고 가게에서 가까운 아파트나 빌라로 이사해 편하게 살라고 했다. 선희도 마음

같아서는 얼른 팔아치우고 싶었다. 하지만 남편이 죽은 뒤 곧바로 시작된 전염병과 함께 무기력증이 찾아왔다. 이사는커녕 가게에 나가 일하고 밥 먹는 것 말고는 아무것도 하고 싶지가 않았다. 미우나 고우나 얼굴 맞대고 살던 남편의 부재와 추우나 더우나 마스크를 쓰고 다녀야 하는 생활에 적응해갈 무렵, 아들 찬성이 결혼하겠다고 참하게 생긴 교사를 데리고 왔을 때에야 정신이 번쩍 들었다. 이런 집에 어떻게 새 식구를 들여. 선희는 아들이 결혼식 날짜를 잡자마자 아는 인테리어 업체 사장에게 연락해 집을 수리했다. 새시 교체뿐만 아니라 바닥, 천장, 조명, 싱크대까지 싹 다 뜯어고쳤다. 재개발 구역으로 지정될 가능성이 높다는 소문이 돌고 있었기 때문에 집을 팔 생각은 하지 않았다. 그러고 나니, 다시 살 만해졌다. 쥐는커녕 바퀴벌레 한

마리도 들어오지 못할 삼중 유리 새시로
완벽하게 밀폐된 집에서 지내게 되자
접싯물에 코 박고 죽고 싶다는 생각 같은 건
들지 않았다.

    여기 들인 돈이 얼만데, 오래오래
살아야지.

    하얀 페인트로 깔끔하게 칠해진 집에
도착한 선희는 냉장고에서 고사리나물과
무나물, 콩나물무침을 꺼내고 상추를 두 장
씻었다. 점심시간이 지나 손님이 뜸해지면
경숙과 빵이나 떡 같은 간식을 간단히
먹었는데 오늘은 경숙이 그만둔다고 하는
바람에 아무것도 먹지 못했다. 허기가 져서
밥솥을 여는 손이 벌벌 떨렸다. 선희는
잡곡밥을 세 주걱 퍼서 대접에 담고 그 위에
나물과 잘게 찢은 상추를 올린 후 고추장과
참기름을 넣고 숟가락으로 비볐다. 밥이 다

비벼질 때까지 참을 수 없어 귀퉁이만 먼저 비빈 후 입에 한 숟가락 넣고 쩝쩝 소리 내 먹으면서 남은 밥도 비볐다. 고사리를 씹을 때마다 어금니 틀니가 조금씩 미끄러졌다. 그렇게 두 숟가락, 세 숟가락을 먹고 나자 한숨 쉴 기운이 생겼다. 후우.

― 선희야, 오늘도 고생했다.

선희는 남편이 죽은 뒤로 혼잣말을 많이 했다. 남편은 그렇게 고생을 시켜놓고도 고생한다, 수고한다는 말 한마디 한번 하지 않고 죽어버렸다. 장례를 치르고 난 뒤에야 선희는 자기가 남편에게 듣고 싶었던 말이 그런 말이었단 걸 알았다. 하지만 이형배는 죽었다 깨어나도 자기 대신 가족의 생계를 책임진 마누라의 노고를 위로할 사람이 아니란 것도 알았다.

― 바랄 걸 바래야지. 선희야, 진짜

고생했다. 내가 다 안다.

 배가 채워지자 곤두섰던 신경이 좀 풀렸다. 콸콸. 내복을 벗고 욕조에 물을 받기 시작하자 기분이 더 나아졌다. 욕실은 선희가 돈 들인 보람을 가장 많이 느끼는 곳이었다. 쥐가 오가던 욕실은 푸른빛이 은은하게 감도는 타일과 하얀 욕조가 있는 근사한 공간이 되었다. 덕분에 선희는 일을 마치고 매일 반신욕 하는 호사를 누릴 수 있게 되었다. 욕조에 물이 반쯤 차자 수도를 잠그고 조심스럽게 발을 담갔다. 50대 중반까지만 해도 쌩쌩 날아다녔는데 환갑이 지나자 몸이 사시사철 으슬으슬하고 쑤셨다. 혈액순환이 되지 않아 발가락 끝과 손가락 끝은 내내 저리고 욱신거렸다. 뜨거운 물에 몸을 담그고 땀이 날 정도로 앉아 있으면 그제야 피가 돌면서 통증이 좀 가셨다.

— 인자 좀 살겠네.

선희는 반신욕을 마치고 샤워를 한 뒤 욕조에 남은 물로 욕실을 청소했다. 그리고 안방으로 들어가 내복을 꺼내 입고 수면 양말을 신은 뒤 침대에 앉아 마사지를 시작했다. 버튼만 누르면 몸을 덜덜 떨어대는 마사지기로 하루 종일 국수를 만드느라 굳은 어깨와 팔뚝과 종아리를 풀어주고 주먹으로 팡팡 겨드랑이를 치고 문질러주었다. 다음엔 바닥에 요가 매트를 깔고 TV 건강 프로그램에서 배운 대로 엉덩이를 들고 짐승처럼 기었다가 누워서 팔다리를 들고 부르르 떨었다가 무릎을 세운 후 엉덩이를 힘차게 들어 올렸다.

— 열여섯, 열일곱, 열여덟, 열아홉, 스물. 아이고 죽겠네.

허리 운동까지 마치고 나자 신음이 절로

나왔다. 선희는 다홍색 내복을 입고 매트에 대자로 누워 천장에 달린 조명을 바라봤다. 등이 여섯 개나 있는데도 밝지가 않았다. 매립 간접 등이 유행이라고 해서 설치했는데 선희는 전에 쓰던 형광등이 훨씬 밝고 좋았다. 형광등을 다시 달 순 없어 스탠드 조명이라도 사려고 동네에 있는 마트에 갔더니 책상에 두는 작은 것밖에 없었다. 조명 가게에는 죄다 비싼 것밖에 없었다. 인터넷에는 싸고 좋은 게 많다는데 휴대폰으로 유튜브나 봤지 쇼핑은 할 줄 몰라 미루고만 있었다.

─ 이러다가 눈도 맛이 가지.

선희는 몸을 일으켜 침대로 올라가 휴대폰을 열고 딸에게 전화했다.

─ 여보세요.

─ 바쁘냐?

─ 어, 조금.

딸의 목소리와 함께 차 소리가 희미하게 들렸다.

— 밖이가?

— 일하러 가는 중이야.

해리는 자기 일상을 시시콜콜 말하지 않았다. 어릴 땐 그게 점잖아 보이고 키우기 수월해서 좋았는데 나이가 드니 딸이 좀 수다스러우면 좋겠다는 생각이 가끔 들었다. 시계를 보니 7시가 다 되어가고 있었다.

— 이 시간에? 무슨 일 하는데?

— 그냥, 돈 버는 일…….

해리가 얼버무렸고 선희는 황당했다. 세상에 돈 안 버는 일도 있나? 돈을 못 벌면 그게 취미지, 일이가? 그런 말이 하고 싶었지만 조명을 주문해달라고 부탁하는 처지에 딸의 심기를 건드릴 필요는 없었다. 그래서 방이 환해질 정도로 밝은 스탠드 조명

하나만 주문해달라고 용건만 말했다.

─ 좋은 건 필요 없다. 밝기만 하면 된다. 얼만지 알려주면 엄마가 보내줄게.

─ 알았어. 찾아보고 연락할게.

선희는 딸이 전화를 끊고 싶어 한다는 걸 알았지만 거의 일주일 만에 통화하는 딸과 조금 더 이야기를 나누고 싶었다. 그래서 오늘 있었던 별일, 아르바이트하던 경숙이 퇴직금을 달라고 요구한 일을 딸에게 미주알고주알 떠들었다. 해리는 웬일인지 선희의 말을 끊지 않고 끝까지 다 들었다. 그리고 물었다.

─ 그래서 뭐라고 했어? 주기로 했어?

─ 미쳤나? 주긴 뭘 줘?

선희가 어이없어 하자 해리가 더 어이없어 했다.

─ 2년 가까이 일했다며? 그럼 줘야지.

노동법으로 정해져 있는 거야.

해리는 사투리 억양을 완전히 없애고 서울말을 했다.

― 무슨, 시장에 그런 게 어딨노?

선희는 시장 사정도 모르는 애한테 괜히 말했다며 속으로 후회했다.

― 그 아줌마 하루에 몇 시간 일해? 시급은 얼마나 줘?

― 됐다. 내가 알아서 한다. 끊자. 일 봐라.

이번엔 해리가 전화를 끊으려 하지 않았다. 선희는 결국 경숙이 일한 지 1년 9개월 정도 되었다는 것과 시장이 쉬는 둘째, 넷째 일요일만 빼고 오전 11시부터 오후 2시까지 일한다는 것과 시급을 13000원 준다는 걸 다 말했다. 그러자 해리가 한숨을 크게 내쉬었다.

― 엄마, 그럼 무조건 줘야 해. 주당 열다섯

시간 이상 일하는 거잖아. 주는 게 맞아.

　― 알았다. 내가 알아서 할게.

　― 어떻게 알아서 할 건데?

　― 알아서 한다니까 야가 자꾸 와이카노?

　참지 못하고 선희가 소리를 빽 질렀다. 해리는 한참 아무 말도 하지 않았다.

　― 내가 니한테 괜히 말했다. 별일 아이니까 신경 쓰지 마라.

　선희가 흥분을 가라앉히고 차분하게 말하자 해리도 차분하게 말했다. 너무 차분해서 싸늘하게 느껴지는 목소리였다.

　― 내가 퇴직금도 못 받고 쫓겨나는 애들 이야기로 소설을 썼는데 어떻게 모른 척해?

　뭐라고 대꾸해야 할지 몰라 선희가 가만히 있자 일하러 가야 한다며 해리가 전화를 뚝 끊었다.

　선희는 휴대폰을 손에 쥐고 한동안

멍하니 앉아 있었다. 매립 간접 등 여섯 개가 밝힌 안방 한가운데엔 커다란 퀸 사이즈 침대가 놓여 있었고, 40인치 TV가 침대 정면에 걸려 있었다. 오른쪽 벽엔 네 칸짜리 원목 옷장과 화장대가 있었다. 인테리어를 새로 할 때 구질구질한 건 질색이라고 자잘한 소품을 다 갖다버린 탓에 장식품이라곤 없었다. 선희가 자는 안방에서 실용품이 아닌 건 딸이 쓴 책 한 권뿐이었다.

해리는 어릴 때부터 책 읽는 걸 좋아했다. 글쓰기 대회에 나가 상도 곧잘 받았다. 하지만 서울로 대학을 가 사회복지학을 전공하고 청소년 센터에서 일하다가 신춘문예에 당선됐다고 전화했을 때까지 선희는 그 사실을 잊고 있었다. 신춘문예? 그게 뭔데? 선희는 당선 소식을 전하는 딸에게 그렇게 물었다. 신춘문예라는 단어를 들은 건 그때가 처음이었다. 신문을 자주 보던 남편은 신춘문예를 아는지 어느 신문이냐고 물었고 해리가 무슨 신문이라고 하자 자기가 구독하는 신문이 아닌 것에 약간 실망하더니 상금이 얼마냐고 물었다. 해리가 500만 원이라고 하자 남편은 어이구, 작은 신문사에서 생각보다 마이 주네, 라고 한 뒤 그럼 소설가가 된 거냐고 물었다. 해리는 말하자면 그렇다고 했다.

    그때까지 선희는 소설가를 만나본 적 없었다. 선희가 만든 칼국수를 먹으러 정치인도 오고, 야구선수도 오고, 유튜버도 오고, 술집 여자도 오는데 소설가는 한 번도 온 적 없었다. TV에서도 본 적 없었고, 이름을 아는 소설가도 없었다. 그런데 내 딸이 소설가라니! 선희는 놀랍고 신기했다.

소식을 전하는 딸의 목소리가 흥분으로
가볍게 떨리고 있었다. 선희의 심장도 덩달아
쿵쾅거렸다. 뭔가 큰일이 벌어진 것 같았다.
직장은 언제 그만두고 책은 언제 나오냐고
선희가 물었다. 해리는 단편소설이 당선된
거라 책이 당장 나오진 않는다고 말했다.
센터도 계속 다닐 거라고 했다. 그럼, 뭐가
달라지는 걸까? 선희는 소설가가 되고도 딸의
신상에 별다른 변화가 생기지 않는다는 것이
의아했지만, 로또라도 맞은 것처럼 비장해
있는 딸의 기분을 망치고 싶지 않아 내색하진
않았다. 경기도에 있는 한 중학교 행정실에서
일하는 아들과 중학교 교사인 며느리가 그게
얼마나 대단한 성과인지 호들갑을 떨며
말해주지 않았더라면 대수롭지 않게 여기고
그냥 넘어갔을지도 모른다. 아들이 신춘문예
합격은 자기가 붙은 9급 교육행정직 시험보다

어려운 거라 말하고, 며느리가 한 해에 임용고시 합격한 사람보다 신춘문예 합격한 사람 수가 훨씬 적다고 이야기하자 선희는 그제야 딸이 얼마나 대단한 합격을 한 것인지 가늠할 수 있었고 딸에게 전화해 내 딸이지만 대단하다는 말을 두 번이나 했다. 서울보다 먼 곳으로 간 것 같은 느낌이 든다는 말은 하지 않았다.

    소설가가 되었다는 소식을 전한 지 5년이 지난 작년 2월에 딸이 책 한 권을 집으로 보내왔다. 연두색 바탕에 커다란 눈알 하나가 희미하게 그려져 있어 다소 괴상해 보이는 책 표지엔 '보이지 않는'이라는 제목과 이해리라는 이름이 적혀 있었다. 표지를 넘기자 책상에서 뭔가를 쓰고 있는 딸의 옆모습 사진과 간단한 소개가 실려 있었다. 딸의 이름과 얼굴이 박힌 두툼한 책을 손에 쥐자 그제야 정말로 딸이 소설가란 게 실감 났다. 선희는 딸에게 전화해 사진이 실물보다 잘 나왔다고 했고, 딸은 그동안 쓴 단편소설 일곱 개를 묶은 소설집이라고 했다.

— 아빠가 살아 있었으면 100권은 주문해서 온 동네에 다 돌렸을 기다. 아빠가 니를 얼마나 예뻐했는지 알제? 아빠는 찬성이보다 니를 더 좋아했다.

선희는 남편과 딸을 동시에 떠올릴 때마다 드는 생각을 그날도 딸에게 말해주었다. 해리는 평소처럼 그 말에 별다른 대꾸를 하지 않았다. 선희는 전화를 끊고 320페이지까지 있는 책을 한 장씩 천천히 넘겨보았다. 사진이나 그림 없이 온통 글자뿐이었다. 휴대폰으로 문자 하나를 쓰려고 해도 골치가 아픈데 이 많은 글자를 쓰느라 얼마나 고생했을까? 선희는 딸의 수고를 생각해 성인이 된 후 처음으로 소설을 읽었다. 두 페이지까지는 잘 읽혔다. 재미는 없었다. 세 번째 페이지부터 이야기가 조금 복잡해졌고, 읽는 속도가 더뎌졌다. 돋보기를 꼈는데도 글자가 엉켜 보였다. 그래서 다섯 장만 읽고 책을 덮었다. 다음 날은 세 장, 그다음 날은 두 장……. 선희는 시간이 날 때마다 숙제하듯 조금씩 책을 읽으려고 노력했으나 첫 번째 단편을 읽은 뒤 다시 펼치지 않아 퇴직금을 받지 못하고 쫓겨난 아이들 이야기가 소설에 나오는지 몰랐다. 해리는 엄마가 자기 책을 다 읽었을 거라고 철석같이 믿고 있는 듯했다.

　선희는 오랜만에 화장대에 세워져 있는 딸의 소설집을 들춰봤다. 글자가 너무 많았다. 거기서 퇴직금이라는 단어를 찾는 건 모래사장에 떨어진 귀걸이를 찾는 것보다 어려울 것 같았다. 졸려서 눈이 껌벅껌벅 감겼다.

― 아이고 모르겠다.

선희는 책을 덮고 불을 껐다. 간접 매립 등이 빛을 잃자, 어둠과 함께 심란함이 잔잔한 파도처럼 밀려왔다.

이 밤에 무슨 일을 한다는 기고?

해리는 책이 나온 후 본격적으로 소설을 쓸 거라며 다니던 청소년 센터를 그만두었다. 소설로는 돈을 못 번다면서 어쩌려고 그러는지 모르겠다는 염려와 남편이 그랬던 것처럼 자기를 믿고 일을 그만둔 게 아닌가 하는 우려로 선희는 한동안 속을 끓였다. 해리에게 전화가 오면 돈을 달라고 할까 봐 겁을 내다가도 돈 이야기를 하지 않고 전화를 끊으면 어떻게 먹고사는지 걱정되었다. 월세라도 아끼게 전세금을 마련해줘야 하나 싶다가도 밥벌이도 못하는 일을 계속한다고 할까 봐 그런 말은 아예 꺼내지도 않았다.

지가 알아서 한다고 했으니 알아서 하겠지.

고단함이 언제나 심란함을 이겼다. 선희는 불을 끄고 누운 지 3분도 지나지 않아 드릉드릉 요란하게 코를 골았다.

2

새벽 5시 30분, 200여 개의 점포가 있는 봉명시장 한가운데 찬성칼국수에 불이 켜졌다. 선희는 주머니가 넉넉한 체크무늬 앞치마를 두르고 익숙한 손놀림으로 밀가루 포대를 뜯었다. 스테인리스로 된 커다란 대야에 밀가루를 붓고 물을 섞어 반죽을 만들었다. 가게에 나와 제일 먼저 하는 일이었다. 손으로 직접 한 반죽을 숙성해두었다가 65센티미터의 나무 밀대로 밀고 썰어서 멸치 육수에 끓여내는 손칼국수가 찬성칼국수의 대표 메뉴였다. 젊었을 때는 힘이 좋아 반죽이나 밀대질이 그렇게 힘들지 않았는데, 27년 동안 거의 매일 반죽을 치대고 밀었더니 요즘은 어깨, 팔, 다리, 손가락, 허리까지 어디 하나 성한 데가 없었다. 새벽마다 반죽을 같이 해주던 남편이 죽은 후로 네 덩이씩 하던 반죽을 세 덩이로 줄이고, 6시까지 하던 영업도 4시면 마쳤다. 그랬는데도 나이가 들어서인지 어깨나 손가락 통증은 낫질 않았다. 반죽 기계를 들이려고 해도 공간이 없었다. 5평 남짓한 가게엔 4인석 테이블 네 개와 바 형태의 1인석 세 개가 있었는데 손님이 몰리는 시간엔 그걸로 부족해 주방에 있는 작은 테이블에까지 손님을 받아야 했다. 가게와 새시 문으로 나눠진 주방은 셔터를 올리면 노포처럼 시장 통로를 향해 뻥 뚫려 있었는데 선희와 경숙 두 사람이 일하기에도 좁았다. 툭하면 충돌 사고가 발생해 경숙은 뜨거운 칼국수를 들고 서빙하러 갈 때마다 뒤돌아 면을 썰고 있는 선희와 부딪치지 않으려고 삐뽀삐뽀 입으로 사이렌 소리를 냈다. 가게가 이렇게 좁고 낡았는데도 여기서 점심을 먹겠다고 찾아와 줄 서는 손님들이 있다는 건 감사한 일이었다.

— 얼마나 고마워. 감사합니다, 감사합니다.

선희는 두 손으로 반죽을 치대며 감사하다는 말을 반복했다. 이 나이까지 이렇게 힘들게 일하는 자신의 처지가 서글프다는 생각은 버리고, 반죽하기

힘들다는 생각도 버리고, 불평 대신 감사를
반죽에 집어넣으려고 노력했다.

　― 하나님, 이 반죽을 먹는 사람들 모두
건강하고 행복하게 해주세요.

　타인의 안녕을 비는 것이 자신의 비참을
잊는 가장 빠른 길이란 걸 선희는 알고
있었다.

　대형 수박만 한 밀가루 반죽 세 덩이를
비닐에 넣어 숙성해놓은 뒤 선희는 커다랗고
긴 100리터짜리 냄비를 화구에 올리고 호스로
물을 3분의 2가량 채웠다. 기다란 라이터로
딸깍 화구에 불을 붙이고 무와 양파, 대파,
멸치를 손질해 차례로 집어넣었다. 그런
후 반죽한 흔적이 남아 있는 1.2미터싸리
나무 도마를 깨끗이 닦고 배추와 무를 썰기
시작했다. 착착착착, 석석석석. 날카로운
칼이 나무 도마에 일정하게 부딪치는 소리와

선희가 틀어놓은 유튜브에서 나오는 소리가 주방에 울려 퍼졌다. 건강식품 소개로 시작한 유튜브 영상은 알고리즘에 따라 허리 운동 이야기로 갔다가 부부 관계 이야기로 갔다가 영양제 광고로 제멋대로 흘렀다. 선희는 화면은 보지 않고 라디오처럼 소리만 들으며 계속 칼질을 했다. 시뻘건 양념을 만들어 스테인리스 대야에 가득 담긴 배추와 무를 버무리고 나자, 허기가 졌다. 7시 25분. 어제 먹다 남은 고등어조림을 데워 아침을 먹고 있을 때 밖에서 셔터 올라가는 소리가 들리기 시작했다. 찬성칼국수와 마주 보고 있는 떡집의 셔터 소리가 제일 먼저 들렸고, 그 오른쪽 옆에 있는 보리밥집 셔터 소리도 곧 들렸다. 시장 상인들이 오가며 인사하는 소리, 툭툭 짐 내리는 소리도 간간이 들렸다. 아침을 먹고 각종 영양제도 잔뜩 챙겨 먹은 선희는 양치를 하고 선크림과 파운데이션과 붉은 립스틱을 바른 뒤 내려와 있던 셔터를 끝까지 밀어 올렸다. 8시가 조금 넘은 시간이었다. 셔터를 올리느라 팔을 번쩍 든 선희와 눈이 마주친 떡집 최 사장이 떡을 진열하는 손을 멈추지 않고 인사했다.

— 찬성이 나왔나?

— 예, 잘 주무셨습니꺼.

선희가 음식물 찌꺼기를 비우고 있으니 기름집 김 사장이 무거워 보이는 하얀 자루를 품에 안고 가다가 인사했다.

— 찬성이 왔나?

— 예, 나왔심니꺼?

모두 선희가 이 점포를 얻기 전 시장 안 노상에서 칼국수를 팔기 시작했을 때부터 봐왔던 어른들이었다. 그들의 눈엔 아직도 선희가 여덟 살 찬성이와 다섯 살 해리를 데리고 잘 부탁한다고 인사 다니던 서른세 살 젊은 엄마로 보이는지, 선희가 아프다고 앓는 소리를 하면 떡집 최 사장은 니는 아직 젊다, 라며 핀잔을 주었고, 기름집 김 사장은 니가 벌써 환갑이 넘었나? 하며 놀라 입을 다물지 못했다. 시장 상인 중에 선희의 이름을 부르는 사람은 아무도 없었다. 시장에서 일하기 시작한 첫날부터 선희는 찬성이 엄마라고 불리다가 나중엔 그냥 찬성이라고 불렸다. 찬성이 엄마 선희는 시장에서 금방 유명해졌다. 당시 봉명시장엔 칼국수를 파는 가게가 여섯 군데 있었는데, 개시를 해준다고 선희가 만든 칼국수를 먹어본 몇몇 상인이 찬성이 엄마가 만든 칼국수가 월등히 맛있다고 소문을 내준 덕분이었다. 점심시간마다 상인들의 배달 요청으로 선희의 전화기가 쉬지 않고 울렸다. 나중엔 시장 인근에 있는 상점들에까지 소문이 나서 선희는 두 아이를 시어머니에게 맡겨놓고 새벽 5시부터 저녁 8시까지 쉬지 않고 일했다. 그래도 피곤하지가 않았다. IMF 외환 위기로 남편이 하던 건축 자재 사업이 망해 빚더미에 올라가 있던 때였다. 대출 금리가 17퍼센트에 육박해 2500원짜리 칼국수를 아무리 팔아도 빚이 줄질 않았다. 애들 키우고 이자 갚기에 급급했다. 하지만 나라 사정이 좋아져 이율이 내려가거나 칼국수를 조금 더 팔면 나아질 수 있다는 희망이 새벽마다 선희를 벌떡벌떡 일으켰다. 무엇보다 그때는 젊고 건강했다. 하루 열네 시간, 열다섯 시간씩 일하고 녹초가 되었어도 자고 일어나면 다시 파릇한 새 기운이 났다. 지금은 그렇지 않았다.

    장사 준비를 마치고 드문드문 오는 손님에게 칼국수를 팔고 있으니 시장에서 유일하게 선희의 이름을 부르는 경숙이 쭈뼛거리며 나타났다.

― 왔나?

선희는 평소처럼 경숙을 맞았다. 경숙은 구석 자리 의자에 가방을 내려놓고 노란 튤립이 그려진 앞치마를 꺼내 맸다. 선희는 냉장고에서 두유를 두 개 꺼내 그중 하나를 경숙에게 내밀었다.

― 우리 나이엔 두유가 좋단다. 소화도 잘되고.

경숙이 두유를 받아 빨대를 꽂으며 물었다.

― 어디서 났노?

― 어디서 나긴, 돈 주고 샀지.

― 아, 난 또 손님이 주고 갔나 했지.

― 니랑 내랑 먹을라고 내가 아까 마트 가서 사 온 기다.

선희와 경숙은 주방에 나란히 서서 두유를 마시며 오가는 사람들을 봤다.

— 그래도 내 생각해주는 건 우리 임 사장밖에 없네.

경숙이 다 마신 두유 팩을 쓰레기통에 넣으며 말했다. 그리고 장난스럽게 덧붙였다.

— 임 사장한테 충성해야지.

선희는 그 말을 어제 했던 퇴직금 이야기는 없던 걸로 하자는 뜻으로 알아들었다. 그래서 기분 좋게 말했다.

— 오늘 비 와서 손님 많을 기다. 각오해라.

두 사람은 곧 들이닥칠 손님들을 대비해 머리 위로 뻗은 두 팔을 좌우로 흔들며 스트레칭 했다.

경숙은 선희와 동갑이다. 원래는 선희도 염색하러 종종 가는 미용실 사장과 함께 자주 오는 단골이었는데, 어느 날 일하는 아줌마들이 자꾸 그만둬서 골치 아프다는 선희의 푸념을 듣고는 자기가 일해보겠다고 나섰다. 평생 집에서 살림만 했지만 손이 빨라 설거지를 끝내주게 한다고 어필했다. 돈 때문에 하는 건 아니라고 했다. 남편이 퇴직한 뒤로 집에 있기가 불편해서 아르바이트 핑계로 매일 나오고 싶다는 거였다. 그 말을 듣고 경숙의 몸을 살펴보니 키는 작지만 어깨가 딱 벌어진 데다 다리가 운동선수처럼 굵고 탄탄했다. 하루이틀 일하고 못하겠다고 나자빠질 것 같지 않은 덩치였다. 게다가 성격이 좋았다. 처음 본 사람한테도 싹싹하게 말을 잘 건넸고, 웃음소리도 호탕했다. 같이 있으면 덩달아 기분이 좋아지는 유형의 사람이었다. 세 시간이지만 가장 바쁠 때라 밥도 못 먹고 쉴 새 없이 서빙과 설거지를 해야 한다고 하자, 경숙은 괜찮다면서 선희의 휴대폰에 자기 연락처와 이름을 저장하고 갔다. 그래서 3개월 뒤에 일하던 아줌마가 교통사고로 입원한 며느리 대신 손주를 봐야 한다며 갑자기 그만두었을 때 선희는 주저하지 않고 경숙에게 연락했다. 경숙은 기다렸다는 듯 자기가 직접 만든 튤립 앞치마를 들고 시장으로 달려왔다.

    일을 잘한다는 경숙의 장담은 거짓이 아니었다. 경숙은 식당 일이 처음이라는 게 믿기지 않을 만큼 빠릿빠릿했다. 손님이 들어오면 빈자리로 안내하는 동시에 테이블에 김치와 고추를 올려놓았고, 손님이 빠지면 잽싸게 테이블을 치워 공백 없이 다음 손님을 들였다. 손만 빠른 게 아니라 눈치도 빨라 선희가 뭔가를 부탁하려고 보면 이미 그 일을 하고 있을 때가 많았다. 열이 많아 땀을 뻘뻘 흘리면서도 웃는 얼굴로 손님을 상대했고,

실없는 농담으로 선희를 웃겨줄 때도 많았다. 세 시간 동안 궁둥이 한번 붙일 새 없이 손님을 치르고 나면 둘 다 기진맥진해서 종종 아이스크림으로 당분을 보충했는데, 그러면 선희는 마치 우산 공장에서 야근을 마치고 집으로 가는 길에 친구랑 아이스크림을 사 먹던 열여섯 살 때로 돌아간 것 같았다.

경숙은 선희가 그동안 아르바이트생들에게 느꼈던 아쉬움을 거의 채워주었다. 다는 아니었는데 몇몇 거짓말 때문이었다. 손님 응대에 능숙할 뿐만 아니라 식당 돌아가는 사정에도 밝은 걸 보고 선희는 경숙이 다른 식당에서 일한 경험이 있을지도 모른다고 생각은 했다. 아니나 다를까, 일한 지 한 달이 안 됐을 때 경숙이 실토했다. 애들 학원비를 벌려고 감자탕집에서 몇 년 일한 적 있다고, 미용실 원장한테 얕보이고 싶지 않아서 살림만 했다고 거짓말한 거라고. 두 달 정도 지났을 땐 남편이랑 부딪치지 않으려고 소일 삼아 한다던 것도 사실이 아니라고 했다. 친정엄마가 아파서 일도 못하고 누워 있는데 생활비를 보내주려고 하니 짠돌이인 남편이 네가 직접 벌어서 보내라고 쩨쩨하게 구는 바람에 일하러 나오는 거라고 했다. 동생이 셋 있는데 애들 공부시킬 때라 그런지 다들 여유가 없다고 했다. 경숙의 친정엄마는 경숙이 일당을 모아 보름에 한 번씩 보내주는 돈으로 생활비도 하고 병원비도 한다고 했다. 다른 식당들은 나이가 많다고 일을 안 시켜주거나 하루에 두세 시간이 아니라 여덟 시간, 열 시간씩 일할 사람만 구해서 어디 파출부라도 가야 하나 싶던 차에 선희가 연락을 줘서 앗싸 하면서 달려온 거라고 했다. 경숙에게 이 일이 절박하다는 걸 알게 된 후로 선희는 경숙을 더 좋아하게 되었고, 경숙이 하는 말을 다 믿지는 않게 되었다.

점심시간이 가까워지자 테이블이 가득 찼다.

— 뭘로 주까예?

— 냉칼국수, 얇게요.

— 저는 콩 칼국수, 양 많이요.

선희는 출입구 바로 옆에서 반죽을 밀고 썰면서 주문을 받았다. 손님이 굵은 면을 원하면 굵게 썰어주었고, 얇은 면을 원하면 얇게 썰어주었다. 선희는 그런 일이 조금도 귀찮지 않았다. 배고프다고 많이 달라는 손님이 있으면 기본으로 나가는 양보다 1.5배 정도 더 줬다. 그러면 손님들은 자기가 많이 달라고 했으면서도 놀랐다.

— 이렇게 주면 뭐가 남아예?

— 밀가루 값 하면 얼마나 한다고. 마이

무라. 부족하면 더 주께.

선희가 그렇게 말하면 손님들은 산타 할아버지에게 선물이라도 받은 것처럼 좋아했다. 옆에서 듣고 있던 손님들도 역시 시장 인심은 다르다며 흐뭇한 웃음을 지었다. 퍼주기만 하는 건 아니었다. 한 박스에 2만 원 하던 고추가 10만 원까지 올랐을 땐 고추를 더 달라는 손님들을 타박했다.

― 고추 한 박스에 10만 원이다, 10만 원. 국수보다 비싸니까 아껴 무래이.

사정을 이야기하면 손님들은 타박에도 기분 나빠하지 않았다.

선희는 손님들의 마음 사는 법을 잘 알고 있었다. 경력이 쌓이고 니이가 들면서 알게 되었다기보다는 장사를 하던 첫날부터 알고 있던 것 같다고 선희는 종종 생각했다. 환갑이 넘고 머리가 희끗해져서 좋은 점은

딱 하나뿐이었다. 반말해도 시비 걸리지 않는다는 거. 아니 하나 더 있다. 남정네들이 추근대지 않는 거.

12시가 넘어가자 세무서를 비롯한 인근 관공서 직원들이 주방을 기역으로 둘러싸고 줄을 섰다.

― 거 길 막지 말고 딱 붙어 서이소.

선희는 손으로는 면을 썰면서 눈과 입으로는 줄 선 손님들의 자리를 정리했다. 손님들이 길에 서 있으면 통행을 방해한다고 이웃 상인들이 종종 한 소리 했다. 떡집 최 사장은 그러지 않았다. 찬성칼국수에 온 손님들이 줄 서서 기다리는 동안 진열된 떡을 구경하다가 배고픔을 참지 못하고 떡을 사는 일이 꽤 자주 있었으므로 최 사장은 찬성칼국수가 잘되는 걸 반겼다. 일단 시장에 사람이 와야 할 거 아이가. 가게가 좁아서

이전을 고민할 때 가게를 시장 밖으로 옮기면
시장 안에서 먹던 그 맛이 안 날 거라며
적극적으로 말린 사람도 최 사장이었다.
반면 찬성칼국수와 마찬가지로 점심 장사가
주력인 보리밥집 김 사장은 찬성칼국수에
온 손님들이 조금만 길을 막아도 눈을
흘겼다. 골목이 복잡해서 보리밥집을 못 찾고
돌아간 손님이 많다며 선희에게 소리 지른
적도 있었다. 다른 칼국숫집들의 질투야
말해 뭐해. 선희는 시장 상인들의 심기를
거스르지 않으려고 했다. 재료가 떨어져
손님을 돌려보내야 할 때면 시장에 있는
다른 칼국숫집 위치를 알려주었고, 갑자기 문
닫는 날이 생겨도 손님들에게 미리 공지하지
않았다. 찬성칼국수에 왔다가 문이 닫혀
있으면 다른 집에서라도 먹고 간다는 걸
알았기 때문이었다. 선희는 시장 상인들의

주문 덕에 먹고살던 때를 잊지 않았다. 노상에서 2년 넘게 장사하다가 지금의 점포를 얻어 간판을 걸었을 때 그들이 진심으로 축하해줬다는 것도 잊지 않았다.

— 냉칼국수 두 그릇 있데이.

경숙이 설거지하며 남은 주문을 상기시켰다.

— 냉칼국수 두 그릇.

선희는 경숙이 한 말을 따라 하며 얇게 썬 면을 육수가 끓는 냄비에 넣었다. 경숙이 퇴근할 시간이 다 되었는데도 손님이 계속 왔다. 줄 선 사람은 없지만 테이블은 아직 가득 차 있었다. 선희는 경숙에게 한 시간만 더 일하고 가라고 부탁하려다가 말았다. 손님이 계속 올 줄 알고 경숙을 붙잡아두었다가 발길이 뚝 끊겨서 경숙에게 시급만 더 준 적이 몇 번 있었기 때문이었다.

이번 달까지만 일한다고 했던 것에 관해서도
물어보려다가 말았다. 괜히 물어봤다가
정말로 그만둔다는 대답을 듣게 될까 봐 겁이
났다. 아르바이트생을 구하는 건 가게 운영
중 가장 어려운 일이었다. 젊은 사람들은
일이 힘들다고 그만두었고, 무슨 일이라도
다 하겠다는 늙은 사람들은 몸이 버텨내질
못했다. 언제까지 장사를 할 수 있을지는
모르지만, 선희는 가능하다면 가게를 정리할
때까지 계속 경숙과 일하고 싶었다. 경숙만큼
일 잘하는 사람이 없었고, 경숙만큼 재밌는
사람도 없었다. 물론 자기는 중학교를
나와서 영어를 할 줄 안다고 잘난 체할 때는
꼴 보기 싫었다. 자기 남편은 정년퇴직할
때까지 성실하게 회사에 다녀서 먹고사는
걱정은 하지 않았다고 뻐길 때는 얄미워서
주둥이를 콕 치고 싶었다. 그래도 경숙만 한

사람은 없다. 그것이 임 사장이 매번 내리는 결론이었다.

2시가 되었다. 경숙이 시계를 확인하고 앞치마에서 만 원짜리 한 장과 5000원짜리 한 장, 1000원짜리 석 장을 꺼내 선희에게 내밀었다. 계산은 선희 담당이었는데 바쁠 때는 경숙도 종종 돈을 받았다. 그러면 계산했는지 안 했는지 헷갈리니까 그러지 말라고 하는데도 경숙은 빨리 돈을 받고 내보내야 다음 사람이 들어올 거 아니냐면서 오늘처럼 바쁜 날은 선희 대신 계산을 했다. 선희는 받은 돈에 만 원짜리 두 장과 천 원짜리 한 장을 더해 경숙에게 내밀었다. 일당이었다.

― 고생했다.

― 고맙다.

경숙은 일당을 가방에 넣었다. 앞치마도

곱게 접어 넣었다. 그러는 동안 선희는
앞치마에서 5000원짜리 한 장을 꺼냈다.
그리고 나가려는 경숙에게 내밀었다.

─ 바빠서 간식도 못 먹었네. 가는 길에
빵이라도 사 무라.

경숙이 활짝 웃으며 받은 5000원을
공중에 흔들었다.

─ 빵 사 먹고 남으면 고기도 사 먹고
커피도 사 먹어야겠다.

─ 그래, 다 사 무라.

선희는 웃으며 경숙을 배웅했다. 퇴직금
이야기는 물론 그만둔다는 말을 다시 하지
않는 것만으로도 고마웠다.

아침부터 2시까지 반죽 두 덩이 반을
팔았고, 반 덩이가 남았다. 3시면 장사를
마감할 수 있을 것 같았다. 선희가 남은
육수의 양을 확인하고 설거지를 하고 있는데

혼자 냉칼국수를 먹던 중년 남자가 나왔다.

― 잘 먹었습니다. 감사합니다.

― 맛있게 먹어주셔서 내가 감사하지예.

선희는 손님에게 받은 만 원짜리를 앞치마에 넣으며 양복을 딱 떨어지게 입은 남자의 검은 구두가 반짝일 정도로 잘 닦인 걸 보고 빙긋 웃었다. 임 사장은 잘 차려입은 손님을 좋아했다. 시장에 있는 가게라도 부자들이 많이 오면 격이 올라간다고 생각했다. 허름하게 입은 손님은 더 좋아했다. 6000원, 7000원을 내고 이 정도로 배부르고 맛있게 한 끼를 먹을 수 있는 곳은 드물었으므로 그들이야말로 단골이 될 가능성이 높다고 생각했다.

― 담에 또 오이소. 더 맛있게 해드릴께예.

선희가 1000원짜리 세 장을 반듯하게 펴서 내밀자 남자가 거스름돈을 가죽 지갑에 넣으며 말했다.

　― 이래 바쁜데 우예 이래 친절하십니까?

　질문이라기보다는 감탄에 가까웠지만 선희는 굳이 대답했다.

　― 내한테 이래 돈 주는데 안 친절하면 우짜는교?

　선희가 돈이 든 앞치마를 두드리자 남자가 소리 내 웃더니 다시 한번 잘 먹었다고 인사하고 나갔다.

　칼국수가 맛있다는 말과 사장님이 친절하다는 말은 선희가 가장 자주 듣는 칭찬이었다. 칼국수는 요래조래 연구하고 노력해서 만들었으므로 맛있다는 칭찬이 민망하지 않았다. 하지만 친절은 노력한 게 아니었다. 진심에서 나오는 웃음이고 감사고 환대였다. 그래서 친절하다는 칭찬을 들으면 항상 민망했다.

─ 돈 주는데 좋지, 안 좋나. 덕분에 먹고사는데 억수로 고맙지.

선희의 친절에 감탄한 사람은 손님만이 아니었다. 딸인 해리도 그랬다.

해리가 중학교 3학년 때였다. 애들이 어렸을 땐 가게가 워낙 정신없이 돌아가서 시장에 애들을 데려오지 않았고, 좀 큰 뒤로는 애들이 학교 가고 학원 가기 바빠서 가게에 올 시간이 없었다. 그런데 그날은 학교가 쉬는 날이었는지 학원이 쉬는 날이었는지 정확하게 기억나진 않지만, 해리가 뭔가를 받으려고 한창 바쁜 점심시간에 가게에 들렀다. 선희가 잠깐 기다리라고 하자 해리는 주방 구석에 앉아 오가는 손님과 일하는 선희를 유심히 쳐다보다가 선희 뒤통수에 대고 말했다.

─ 엄마가 이렇게 친절한 사람이었어?

목소리가 크진 않았지만 선희는 해리의

말을 똑똑히 들었다. 다만 의도가 파악되지 않아 되물었다.

— 그게 무슨 말이고?

면을 썰던 중이라 뒤를 돌아보지는 않았다. 그러자 해리는 아무것도 아니라고 하더니 뭔가를 챙겨서 집으로 갔다.

그 후로 선희는 친절하다는 칭찬을 들으면 그날 해리가 했던 말이 종종 떠올랐다. 엄마가 이렇게 친절한 사람이었어? 처음엔 당연히 감탄이라고 생각했다. 눈으로 보지 않고도 촘촘하고 빠르게 면을 써는 선희를 보고 감탄하는 손님들처럼, 이렇게 바쁜데도 어쩜 그렇게 친절하냐고 감탄하는 손님들처럼 해리도 엄마의 솜씨와 태도에 감탄한 거라고 생각했다. 아니, 해리의 목소리엔 분명 감탄이 담겨 있었다. 그게 다는 아니었다. 감탄 아래에 다른 감정도 깔려 있었다. 선희는 그게 자식들을 위해 죽기 살기로 일하는 엄마를 향한 존경심이라고 생각하고 싶었다. 하지만 그렇게 생각하기엔 해리의 뉘앙스가 석연치 않았다. 그 말을 들었을 때 뒤돌아서 딸의 얼굴을 봤다면, 아무것도 아니라고 했을 때 그냥 넘기지 않고 꼬치꼬치 캐물었다면 그 감정이 무엇인지 알았을 것이다. 그러나 그때 선희는 줄 선 손님들의 표정을 살피느라 딸의 표정을 살필 겨를이 없었다.

뒷정리를 마치고 시장을 빠져나오니 비가 추적추적 내리고 있었다. 하루 종일 내린 비로 5월 내내 건조했던 공기가 오랜만에 촉촉했다. 선희는 비타민D를 흡수할 수 없다는 이유를 내세워 오늘은 걷기 운동을 쉬기로 했다. 우산을 쓰고 버스 정류장으로 가자 집으로 가는 564번 버스가 금방 도착했다. 노인 두 명과 함께 버스를 탔다. 노약자석을 피해 뒤쪽으로 가는데 휴대폰이 울렸다. 해리였다.

─ 여보세요?

발밑에 우산을 내려놓고 창가에 앉은 선희가 작지만 명랑한 목소리로 전화를 받았다.

─ 엄마.

엄마라고 부르는 여자애의 목소리에는 엄마라고 부르는 남자애만 있는 사람들은 모르는 묘한 연결감이 있다.

─ 어, 그래. 엄마 버스 타고 집에 가는 중이다.

선희가 반가워하며 딸에게 자신의 현재 위치를 알렸다.

─ 장사 잘 마쳤어?

─ 응, 잘 마쳤다. 웬일이야? 우리 딸. 니가

전화를 먼저 다 하고?

선희는 딸에게 애교 섞인 목소리로 말했다. 환갑이 넘어서 생긴 애교였다.

― 엄마가 조명 주문해달라고 했잖아.

― 맞다, 조명. 좀 알아봤나?

― 응, 적당한 거 찾았어. 지금 카톡으로 사진 보낼게. 확인해봐.

카톡을 여니 마음에 쏙 드는 조명 사진이 떴다.

― 좋다, 딱 좋다. 얼마고? 비싸 보이는데?

― 아냐. 싼 거야. 그냥 내가 결제할게.

― 비싼 거 아이가? 엄마가 돈 보내줄게.

― 괜찮아. 얼마 안 해.

여러 번 묻는데도 해리는 가격을 말하지 않았다. 딸이 몇만 원이라도 아껴야 할 만큼 쪼들리진 않는 것 같아 선희는 안심했다.

― 고마워. 잘 쓸게. 역시 딸밖에 없다.

비가 세차게 쏟아졌다. 창이 뿌예지면서 밖이 보이지 않았다.

— 엄마, 아줌마랑 이야기 잘했어?

해리가 조심스럽게 물었다.

— 무슨 이야기?

— 아줌마가 퇴직금 달라고 했다며?

선희는 딸이 평소처럼 카톡을 보내지 않고 전화한 목적을 알아차렸다.

— 아, 그거? 잘 해결됐다. 오늘 가니까 별말 없더라. 내가 그냥 해본 말일 수도 있다 캤제.

해리는 잠깐 가만히 있더니 의아하다는 듯 물었다.

— 그래? 그런 말을 그냥 해보기도 하나?

— 원래 가가 실없는 소리 자주 한다.

선희가 별일 아니라는 듯 말하자 해리는 알겠다며 바로 전화를 끊었고 선희는 미간을 찡그렸다. 아들이나 딸과 전화하면 통화음이 끊기는 소리를 듣고 싶지 않아 보통은 선희 쪽에서 먼저 재빨리 끊었는데 이번엔 해리가 빨랐다.

통화가 끊겼을 뿐인데 왜 자식과 연결이 끊긴 것처럼 숨이 멎는지…….

선희는 머리가 하얗게 센 노인들의 뒤통수를 응시하며 조용히 중얼거렸다.

ㅡ뭐 이런 거 가지고 그라노. 선희야, 괜찮다, 선희야, 괜찮다.

3

며칠 동안 선희는 기운이 없었다. 비 오는 날 반신욕을 하다 잠드는 바람에 감기에 된통 걸린 탓이었다. 몸보신하느라 비싼 삼계탕을 이틀 연속으로 먹었는데도 감기가 떨어지지 않았다. 40대까지는 그렇게 일하고도 감기 한번 걸리지 않았다. 아무리 피곤해도 자고 일어나면 완충한 건전지처럼 쌩쌩해졌다. 나이가 들면서 안 아픈 곳이 없다고 하자 만성 허리 통증과 위염에 시달리던 남편은 그 나이에 그 정도는 아픈 것도 아니라고 했다. 당신은 정말 건강한 체질이다. 몰염치한 남편이라도 살아 있을 땐 약 사 오라, 죽 사 오라 시킬 수 있었다. 남편이 죽고 나자 아플 때 약이나 죽을 사달라고 부탁할 사람조차 없었다. 자식들은 멀리 살았고 굳이 연락해 부담을 주고 싶지도 않았다. 돌이켜보면 남편 사업이 망해 시어머니랑 같이 살 때 제일 호강했다. 시어머니는 일하고 돌아온 며느리를 위해 늘 갓 지은 밥으로 저녁을 차려주었다. 다른 자식들이 맛있는 걸 사주면 잊지 않고 며느리 몫을 포장해 왔고, 아들이 아니라 며느리 먹이려고 철마다 삼계탕을 직접 고았다. 선희야, 고생했제? 여덟 남매를 키운 시어머니는 자기 몸도 제대로 못 가눌 나이에 손주들을 키우느라 고생하면서도 바깥에 나가 돈 벌어 오는 며느리의 고생을 더 값지게 생각했다. 급한 빚을 갚고 나자 일용직을 그만두고 매일 철물점에서 노름하는 넷째 아들의 부족함을 대신 사과했다. 어무이 아니었으면 당신이랑은 진작에 갈라섰다. 선희는 빚 갚으라고 준 돈을 노름으로 날린 남편에게 몇 번이나 그렇게 말했고, 그 말은 늘 진심이었다.

선희는 감기에 걸린 몸으로도 평소와 다름없이 장사를 했다. 했다기보다는 해냈다는 표현이 적확할 것이다. 대부분의 손님은 선희가 아픈 줄 몰랐고, 단골들은 알았다.

― 오늘 와이래 기운이 없노?

― 손님들 밥해준다고 나는 못 먹어서 안 그렇나.

선희는 손님들에게 아픈 걸 내색하지 않았다. 억척스럽다는 눈길을 받고 싶지 않았고, 아파도 일할 수밖에 없는 처지를 들키고 싶지도 않았다. 요리사가 아프다고 하면 밥맛이 떨어진다고 생각했다.

― 밥은 먹으면서 일해야지. 사장님 아프면 큰일 난다, 우리. 사장님 없으면 이래 맛있는 칼국수를 어디서 먹노? 몸 좀 애껴 쓰이소.

선희가 늙어가는 게 눈에 보이는지 최근 몇 년 사이 선희의 건강을 걱정하는 손님이 부쩍 늘었다. 말로만이 아니라 약과나 비타민 음료, 과일이나 떡 같은 간식을 사다 주면서 그랬다. 선물 받은 거라며 산삼 뿌리를 나눠주고 간 손님도 있었다.

— 아프면 가게 문 닫고 좀 쉬어라. 병원도 가고. 애들도 다 컸는데 말라꼬 이래 고생하노.

경숙은 선희가 아플 때마다 쉬라고 잔소리했다. 선희는 아파도 쉴 줄 모르고, 돈이 있어도 쓸 줄 모르는 똥멍청이가 바로 자기라며 맞장구를 쳤다.

빚더미에서 내려온 지는 꽤 되었다. 그렇다고 돈더미에 올라가 있는 건 아니었다. 빚을 갚고, 애들 둘을 대학까지 공부시키고, 찬성이 공무원 시험 2년 뒷바라지하고, 찬성이 결혼한다고 집까지 마련해주고 나니 수중에 남은 돈이 얼마 없었다. 시장 상인들이나 손님들은 선희가 엄청난 알부자인 줄 알았다. 돈 벌어서 다 어디에 쓰냐고, 건물이라도 사놓았냐고 했다. 팬데믹 때를 제외하곤 손님 걱정한 적 없으니 그런 오해를 받을 만했다. 선희는 자기를 위해서라면 양말 한 짝도 사지 않으면서 필사적으로 만든 크고 작은 돈더미를 남편이 사업하고 노름한다고 몇 번이나 쓸어갔는지 말하고 싶지 않았다. 그래서 벽에 붙은 메뉴판을 가리키며 능청을 떨었다.

— 6000원, 7000원짜리 팔아가 얼마 남는다꼬. 재료 값 하고 월세 주고 아줌마 일당 주고 이것저것 다 떼고 나면 내 인건비보다 쪼매 더 남는다.

선희는 해리를 결혼시키고, 애들한테 손 벌리지 않아도 될 정도로 노후 자금을 모으고 나면 가게를 정리할 생각이었다. 가게를 그만두고 딱히 하고 싶은 건 없었다. 건질 때를 놓쳐서 퍼져버린 수제비처럼 그냥 푹 퍼져 있고 싶었다. 그러다 기운이 나면 교회도

가고 애들 사는 집에도 가보고 싶었다.

그런 날이 올까?

2시가 가까워지자 손님이 뜸해졌다. 선희는 경숙에게 호박죽을 사 와달라고 부탁해 함께 먹었다. 달고 따뜻한 게 들어가니 살 것 같았다.

— 내 때문에 니가 며칠 동안 고생 많았다.

선희가 냅킨으로 콧물을 훔치며 경숙에게 말했다.

— 고생은 무슨, 얼른 낫기나 해라.

평소와 달리 경숙의 대꾸가 짧았다. 호박죽을 다 먹고 2시가 되자 경숙은 앞치마를 벗어 가방에 넣은 후 약을 먹는 선희에게 쭈뼛거리며 말했다.

— 퇴직금, 그거 우얄끼고…….

선희는 그 말을 듣자마자 알약이 목에

걸려 한참 동안 캑캑거렸다.

─ 괜찮나?

경숙이 선희의 등을 쓸어내렸다. 선희는 팔을 뻗어 경숙을 밀어냈다.

─ 퇴직금은 무슨 퇴직금? 없던 일로 하는 거 아이였나?

─ 내 이번 달까지밖에 일 몬한다.

─ 와?

─ 그럴 일이 있다.

─ 무슨 일인데? 말해봐라.

─ 있다. 그럴 일이…….

경숙은 입술을 움찔거리기만 하고 끝까지 이유를 말하지 않았다.

─ 내가 말했잖아. 시장에서 퇴직금은 무슨 퇴직금이고?

선희가 개수대에 컵을 집어넣으며 단호하게 말했다. 경숙도 목소리를 약간 높였다.

─ 시장이든 마트든 그런 건 상관없다 카드라. 계약서 없어도 일주일에 열다섯 시간 이상 1년 넘게 일했으면 퇴직금 줘야 한단다.

─ 니 완전 작정했네.

선희가 어이없다는 듯 쳐다보자 경숙이 시선을 피했다.

─ 얼만데? 알아봤을 거 아이가? 니 퇴직금 얼마라 카든데?

─ 최소 180만 원은 받아야 한다 카드라.

─ 180만 원? 그게 누구 이름이가? 니 생각해봐라. 우리는 다른 집보다 시급을 3000원이나 더 준다 아이가. 거기에 퇴직금이고 뭐고 다 포함되어 있는 기다.

─ 그건 일이 힘들어서 그런 거 아이가. 그거라도 안 주면 누가 여서 일하노? 이래 힘든 식당 없다.

경숙이 사실을 말했을 뿐인데도 선희는 뒤통수를 맞은 것처럼 머리가 울렸다. 그때 운동복 차림의 중년 여성 손님이 왔다.

― 어서오이소. 뭐 주까예?

선희가 애서 친절하게 물었고, 손님은 냉칼국수 하나를 주문하고 안으로 들어갔다. 선희는 칼로 반죽을 한 움큼 자르며 경숙에게 말했다.

― 니 말 다했나. 저번엔 이래 대우 좋은 식당은 없다 카디만……. 됐다. 가봐라. 머리 아프다. 내일 다시 이야기하자. 나도 생각해보께.

선희가 주먹만 한 반죽을 얇게 펴기만 하고 더는 말이 없자 경숙이 가방을 들고 가게를 나서며 비장하게 말했다.

― 우리 남편이 퇴직금 꼭 받아 오란다. 안 주면 노동청에 신고한단다.

― 니 지금 협박하나?

선희가 역정을 내며 밀대로 도마를 힘껏 내리쳤다. 단단한 두 나무가 부딪치는 둔탁한 소리가 시장 통에 울려 퍼졌다. 그 소리에 놀란 경숙이 재빨리 사라졌고, 냉칼국수를 기다리던 손님이 주방을 힐끗 쳐다봤다. 떡집 매대 왼편에 앉아 양말을 팔던 양말 할매도 선희를 쳐다봤다. 선희는 구석에 있는 의자에 주저앉았다. 배신감으로 털이 쭈뼛쭈뼛 섰다.

내가 지한테 우째 했는데…….

선희가 한참 동안 움직이지 않자 운동복을 입은 손님이 새시 문으로 고개를 내밀고 조심스럽게 물었다.

― 다음에 오까예?

― 아이고, 내 정신 봐라. 금방 해주께예.

선희는 벌떡 일어나 다시 밀대를 잡았다. 밀고 썰고 끓이고 차가운 육수를 부어 냉칼국수 한 그릇을 뚝딱 만들었다. 그리고 상냥하게 말했다.

— 맛있게 드이소.

그렇게 꾸역꾸역 손님을 받다 보니 반죽이 동났다. 선희가 셔터를 반쯤 내리고 뒷정리를 하고 있을 때 양말 할매가 찾아왔다.

— 찬성아, 괘안나?

팔순이 넘은 양말 할매는 허리가 거의 90도로 굽어 있었다. 예전엔 시장 입구 도로가에서 양말을 팔았는데 떡집 최 사장의 배려로 5년 전부턴 떡집 매대 왼쪽에 자리를 잡고 친척이 하는 공장에서 떼 온 각종 양말을 팔았다. 양말만 파는 건 아니었다. 마늘이나 파, 양파처럼 손질이 필요한 기본 채소도 팔았고, 집에서 직접 기른 콩나물도 팔았다. 양말보다 채소가 더 많을 때도 있었지만, 그래도 시장 사람들은 언제나 그를 양말 할매라고 불렀다.

　― 할매, 뭐 이런 경우가 다 있나 모르겠다.

　선희는 도마를 짚고 선 양말 할매에게 경숙과 있었던 일들을 말하기 시작했다. 이야기가 길어지자 양말 할매는 스툴에 걸터앉아 선희의 하소연을 묵묵히 듣다가 노동청에 신고한다고 했다는 말을 듣고는 혀를 찼다.

　― 몹쓸 여자네.

　남의 일에 이렇다 저렇다 말을 얹지 않는 양말 할매가 편을 들어주자 선희는 더 열불이 났다.

　― 내가 지한테 얼마나 잘했는지 할매는 알제? 일 잘한다고 시급도 1000원 올려주고, 밥도 사주고, 때마다 보너스 주고. 근데…….

　선희는 갑자기 말하기가 귀찮아졌다. 그래서 물기 닦은 숟가락 더미를 정리해

테이블 위에 있는 숟가락 통에 넣기 시작했다. 양말 할매는 말없이 자기 자리로 돌아갔다.

— 찬성아.

선희가 셔터를 내리고 돌아서자 양말 할매가 선희를 불렀다. 선희가 다가가니 주머니에서 알사탕 두 개를 꺼내 선희의 손에 쥐여주었다.

— 오늘도 고생했다.

선희는 양말 할매가 주는 알사탕이나 박하사탕을 받을 때마다 며느리의 고생을 알아주던 시어머니가 그리웠다. 그래서 양말 할매가 좋아하는 추어탕이나 된장찌개를 끓이면 할매를 불러 같이 아침을 먹었다. 삶이 자신에게만 가혹하다고 느껴질 때는 시멘트 바닥에 박스를 펼쳐놓고 불편해 보이는 플라스틱 의자에 앉아 하루 종일 파나 마늘을 다듬고 있는 양말 할매를 보았다.

― 할매도 고생하이소.

선희는 양말 할매에게 인사한 후 땅콩 맛이 나는 알사탕을 입에 넣고 버스 정류장으로 갔다. 속에서 난 열불이 아직 꺼지지 않았는데 태양도 불을 내뿜고 있었다. 기온이 30도에 육박했다. 이런 날 운동한답시고 걸어가는 거야말로 정말 똥멍청이나 하는 짓이라며 선희는 에어컨이 빵빵하게 나오는 버스를 탔다. 집에 도착해 밥을 먹고 반신욕을 하자 열불이 약간 가라앉았다. 며칠 동안 막혔던 코도 숨 쉴 만큼은 뚫렸다. 선희는 마사지기를 켜며 해리에게 전화를 걸었다. 어디냐고 묻자 해리는 집에 있다고 했다. 오늘은 돈 버는 일 안 하나 보지? 선희는 오늘 있었던 일을 해리에게 다 말했다. 경숙을 책망하는 말이 반복되자 가만히 듣고 있던 해리가 물었다.

― 엄마, 그 아줌마한테 야박하게 굴었어?

― 야박하게? 내가 지한테 얼마나 잘해줬는데?

선희는 마사지기로 왼쪽 어깨를 내리치며 말도 안 된다는 듯 고개를 흔들었다.

― 그럼 왜 신고까지 한다는 거야? 뭔가 앙심을 품고 있으니까 그러는 거 아냐?

해리는 선희와 경숙의 사이가 얼마나 돈독한지, 아니 얼마나 돈독했는지 몰랐다. 2시 땡 하면 사라졌던 다른 아르바이트생들과 경숙은 달랐다. 경숙은 일을 마치고도 선희와 수다를 떠느라 문을 닫을 때까지 남은 적이 몇 번이나 있었다. 그런 날은 같이 저녁을 사 먹었다. 밥값은 항상 선희가 냈다. 사장이니까. 그렇다고 경숙이 얻어먹기만 한 건 아니었다. 가끔 커피를 샀다. 남편 때문에 고생한 이야기를 하다가 눈물을 보인 적이 몇 번 있었는데, 경숙은 선희가 울 때마다 같이 울었다. 그게 얼마나 위로가 되었는지 모른다는 이야기를 선희는 딸에게 해야 했다. 그래야 경숙이 앙심을 품고 그러는 거라는 딸의 추정을 무너뜨릴 수 있을 것이었다. 하지만 선희는 관계를 일일이 설명하는 성격이 아니었다.

— 그런 사이 아이다.

선희가 마사지기를 어깨에서 종아리로 옮기면서 말했다.

— 그럼 왜 그렇게까지 하는 거야?

— 낸들 아나. 뭔가 사정이 있겠지.

선희는 그렇게 대답하면서도 자기가 경숙을 지나치게 믿고 있던 건 아닐까 하는 생각이 들었다. 앙심은 보통 껄끄러운 사이보다 한때는 친했던 사이에서 더 많이 발생한다. 아무리 친구처럼 지냈다 하더라도 경숙과는 돈으로 맺어진 관계였다. 고용 관계. 거기서 원한이 싹트지 말란 법은 없다. 그동안 어이없는 일을 하도 많이 당해서 아르바이트생들을 늘 경계해왔는데, 남편이 죽고 팬데믹을 거치며 마음이 썩은 무처럼 물러져 있을 때 경숙을 만나는 바람에 경계는커녕 주인을 만난 강아지처럼 배를 까고 뒹굴어버렸다. 호구였을까? 선희는 경숙과 지낸 모든 시간이 의심되기 시작했다.

해리가 노동청에 신고당하면 어떻게 되는지 알아보고 연락을 주겠다며 전화를 끊었다.

— 엄마, 퇴직금 그냥 줘야 할 것 같아.

5분도 지나지 않아 해리가 전화해서 말했다.

— 와?

— 퇴직금이니까, 당연히 줘야지.

신고당하면 노동청에서 조사 나오고 그래도 안 주면 고소당할 수도 있대. 그럼 돈이 더 들 거야.

─ 아이고, 골치 아프게 생겼네.

선희가 곤란해하면서도 퇴직금을 내줄 기미를 보이지 않자 해리가 사투리를 쓰며 언성을 높였다.

─ 아니, 엄마, 도대체 왜 안 줄라 카는데? 돈이 없나?

그 정도 돈이 없을 리 만무했으나 선희는 즉각 대답했다.

─ 없다.

뒤통수를 친 사람에겐 줄 돈이 없다는 뜻이었다. 200만 원에 가까운 돈을 아무렇지 않게 여기는 듯한 딸에게 화가 나서 한 말이기도 했다. 그러자 해리가 한심하단 투로 말했다.

―그렇게 바득바득 벌어서 어디 쓸라 카는데?

선희는 어이가 없었다. 어디 쓰긴. 어디 쓰긴.

―그냥 좀 줘라. 누가 알까 봐 부끄럽다.

그 말은 듣는 즉시 선희에게 상처가 되었다.

―부끄럽나? 엄마가 부끄럽나? 소설가 되고 책도 내니까 엄마같이 못 배운 사람이랑은 상대하고 싶지도 않나?

선희가 감정을 주체 못 하고 사납게 빈정거리자 해리가 위축된 목소리로 변명했다.

―그런 말이 아니잖아.

터져버린 선희의 악다구니는 거기서 멈추지 않았다. 진상 손님들이랑 싸울 때처럼 거세게 딸을 몰아댔다.

― 어디 쓰긴 어디 써. 니 학원 보내주고 밥 먹이고 옷 사주고 대학 등록금에 생활비까지 다 보내줬디만 뭐라카샀노? 니 학교 다니면서 알바 한번 한 적 있나? 빚 갚느라 쪼들려서 외할매 용돈은 못 줘도 니 생활비는 꼬박꼬박 챙겼다. 공부에만 집중하라고. 그래 공부시켜놨디만 말도 안 하고 회사 그만두고 소설 쓴다고 자빠져 있고. 니 삼십이 되도록 엄마한테 용돈 한번 준 적 있나? 10원이라도 준 적 있나?

선희는 딸에게 용돈을 받은 적은 없지만 옷이나 신발 같은 선물은 종종 받았다. 그래놓고 10원도 안 줬다고 말하는 건 치사한 셈이라는 걸 알았으나 세부를 따져가며 화내고 싶진 않았다.

― 이래서 내가 엄마한테…….

가만히 듣고 있던 해리가 말을 하다 말고

삼켰다.

― 엄마한테 뭐? 말해봐라. 할 말 있으면 다 해봐라. 와 말을 못하노?

선희가 계속 다그쳤다.

― 말해봐라 안 카나. 그렇게 퇴직금 주고 싶으면 니가 벌어서 줘라. 나는 너거들한테 다 써서 퇴직금 줄 돈은 한 푼도 없다.

― …….

― 말 나온 김에 좀 물어보자. 니 도대체 요새 뭐 하고 사노? 취직은 안 하나? 책 나왔으니까 된 거 아이가? 앞으로 우예 먹고살라고…….

선희의 목소리가 가장 높아졌을 때 해리가 전화를 끊었다. 선희는 다시 열불이 났다. 주방으로 가 찬물을 벌컥벌컥 들이켰다. 그래도 열불이 진화되지 않았다. 속이 계속 타들어갔다. 경숙과 남편이 나오는 괴상한

꿈에 시달리다가 새벽에 눈을 뜨니 속이 잿더미가 되어 있었다.

— 아이고, 선희야. 아이고, 선희야.

4

문제는 의외의 방식으로 풀렸다.

가게에 나와 장사 준비를 마친 선희는 버석거리는 속을 달래려고 된장 시래깃국을 끓여 양말 할매가 나올 때까지 기다렸다가 같이 아침을 먹었다. 양말 할매는 점점 위가 쪼그라든다며 밥은 다섯 숟갈만 먹고 국물을 연신 들이켰다.

— 그 여자 일은 잘하나?

양말 할매가 경숙에 관해 물었다.

— 일 하나는 기똥차게 하지. 다른

아줌마들은 어땠는지 할매도 알제? 손님 조금만 몰리면 힘들다고 죽상을 하고 다녔다 아이가. 야는 땀을 그래 흘려도 얼굴은 생글생글해. 어떻게든 손님 하나라도 더 받을라 카고. 야 덕분에 내가 얼마나 편했는지 모른다.

선희가 아쉬워하자 양말 할매는 국물을 떠먹던 숟가락을 내려놓으며 머리를 좌우로 흔들었다.

— 암만 그래도 도둑질은 하면 안 되지.
— 도둑질? 무슨 도둑질?

선희가 놀라서 묻자, 양말 할매는 경숙이 손님에게 받은 돈을 자기 바지 주머니에 넣는 걸 두 번이나 봤다고 했다. 몇 달 전에 한 번, 최근에 또 한 번.

— 그 돈 니한테 주드나? 바지에 챙긴 돈?

선희는 앞치마에서 꺼낸 돈만 받았지

바지에서 꺼낸 돈은 한 번도 받은 적 없었다.

― 내한테 왜 말 안 했는데?

선희가 양말 할매를 원망했다.

― 내가 잘못 봤나 캤지. 그럴 사람처럼 안 생깄다 아이가.

― 그럴 사람이 따로 있나?

경숙이 손님에게 돈을 받아서 앞치마에 넣는 걸 봤는데 주지 않고 퇴근한 적이 한 번 있었다. 선희는 경숙이 어떻게 하는지 보려고 아무 말도 하지 않고 기다렸는데 앞치마를 빨고 온 다음 날도 돈을 주지 않았다. 그때부터 선희는 경숙에게 돈을 받지 말라고 했다. 아무리 바빠도 직접 계산하려고 했다. 경숙이 퇴근하기 전에 받은 돈이 있는지 확인도 했다. 그러면 된다고 생각했는데 양말 할매가 두 번이나 봤다면 상습범인 게 확실했다.

— 우짤끼고?

양말 할매가 선희의 얼굴을 살피며 물었다.

— 우짜긴 뭘 우째. 이제 와서 달라 카면 가가 그래 내가 훔쳤다 카고 주겠나? 아니라고 딱 잡아떼지.

— 가가 신고한다 캤다매? 니도 신고한다 캐라. 경찰에. 내가 증인 서주께.

— 신고하라고예?

— 그래. 경찰한테 전화해가 도둑년 잡아가라 캐라.

경숙이 앞치마에 넣어간 돈을 주지 않았을 때 아무 말도 하지 않은 건 겨우 만 원, 2만 원 때문에 일 잘하는 사림을 놓치고 싶지 않아서였다. 하지만 경숙이 그만둔다고 나선 마당에 그럴 필요는 없겠단 생각과 그걸 빌미로 신고를 막아야겠다는 생각이 선희의 머릿속에 자리 잡았다.

　11시. 경숙이 반바지를 입고 출근했다. 굵은 종아리가 눈에 띄었다.
　― 왔나?
　선희는 평소처럼 경숙을 반겼다.
　― 경숙아, 니 오늘 일 마치고 내랑 이야기 좀 하자.
　― 와?
　― 퇴직금 달라매? 결판을 내야 할 거 아이가?
　선희가 다소 장난스러운 투로 말하자 경숙은 퇴직금을 준다는 말로 알아들었는지 배시시 웃으며 고개를 끄덕였다. 그리고 칼국수 수십 그릇을 신나게 날랐다. 2시가 되었다. 칼국수를 먹고 있는 손님이 네 명이나 있었지만 선희는 셔터를 살짝 내렸다.

반죽이 다 떨어졌다며 막 도착한 손님들을 돌려보냈다. 경숙에겐 만 원을 주면서 간식으로 먹을 만한 걸 사 오라고 부탁했다. 경숙이 선희가 좋아하는 토스트와 커피를 사 왔을 때 가게에 손님은 아무도 없었다. 선희는 마늘을 까고 있는 양말 할매와 눈짓을 주고받은 후 셔터를 끝까지 내렸다.

— 일단 묵자. 배고프다.

선희와 경숙은 양배추가 잔뜩 들어간 토스트를 허겁지겁 먹었다. 그러는 사이 밖에서는 벌써 닫았나? 하고 아쉬워하며 돌아가는 소리가 몇 번 들렸다. 토스트를 다 먹은 경숙이 입을 닦으며 선희의 눈치를 살폈다. 선희는 달달한 커피를 한 모금 쭉 빨아 마신 후 플라스틱 컵을 테이블에 내려놓으며 말했다.

— 경숙아, 니가 일 잘해서 그동안 내가

진짜 편하고 좋았다.

─ 그래.

─ 근데 갑자기 그만둔다 카고 이유도 말 안 해주고 퇴직금을 달라 카니까 내가, 내가, 뭐라 캐야 되노…….

─ 황당하제?

─ 그래, 니도 아네. 황당하다.

─ 미안하다.

경숙이 고개를 숙였다. 선희는 뿌리만 하얗게 센 경숙의 정수리를 보며 말했다.

─ 니 퇴직금 안 주면 신고한다 캤제? 그냥 신고해라.

경숙이 숙였던 고개를 재빨리 들었다. 아르바이트생의 커진 눈을 보며 선희가 자신만만하게 말했다.

─ 대신 니가 신고하면 나도 니 신고한다.

─ 내를? 뭘로?

― 도둑년으로.

― 내가 와 도둑년이고?

― 니 손님들한테 돈 받아서 삥땅 친 거 내가 모를 줄 아나? 한두 번도 아니고. 고생하니까 그냥 넘어갈라 캤는데 니가 이래 나오면 나도 별수 없다. 신고해야지.

― 내가 언제 삥땅 쳤는데? 내가 훔쳐 가는 거 봤나? 봤나?

― 봤다. 니 돈 받아서 앞치마에 안 넣고 바지 주머니에 넣어 가고 그랬다 아이가. 한두 번도 아이고 몇 번이나 그랬제?

― 뭐라카노? 생사람 좀 잡지 마라.

경숙이 벌떡 일어났다. 얼굴이 붉으락푸르락했다.

― 생사람은 무슨, 증거도 다 있다.

― 무, 무슨 증거?

― 아이다, 증인이 있다.

―증인? 증인이 어딨는데?

경숙이 고개를 돌리며 가게를 둘러봤다.

―양말 할매. 양말 할매가 니 그라는 거 몇 번이나 봤다 카드라. 나도 본 적 있고. 나는 실순 줄 알고 넘어갈라 캤는데 할매가 그게 아이라 카대.

양말 할매 자리에서 가게 내부가 잘 보인다는 건 경숙도 알고 있었다. 경숙은 우기지도 않고 자리에 앉으며 바로 인정했다.

―할매가 봤다 카드나?

―그래, 다 봤단다.

―근데 와 말 안 했는데?

―몰라. 할매 마음을 내가 우예 알겠노?

경숙은 땡볕에 시든 배추처럼 풀 죽은 목소리로 변명했다.

―실수로 몇 번 그랬다. 다시 돌려주기가 뭐해가 말 안 한 거지, 진짜 마음먹고 가져간

건 아이다.

　―그걸 내가 우예 믿노?

　―그래, 내라도 못 믿을 것 같다. 근데 진짜다.

　경숙은 오른손 중지로 문신한 눈썹을 몇 번 긁더니 컵에 남은 얼음을 입에 넣고 오도독 씹었다.

　―이제 우짤 긴데? 그래도 퇴직금 못 받았다고 신고할 기가?

　선희는 기세를 살려 다그쳤다. 그러면서도 경숙의 안색을 살폈다. 경숙이 지금이라도 사과하고, 다시는 안 그러겠다고 싹싹 빌고, 계속 일하고 싶다고 사정하면 좋겠다고 생각했다. 그래서 살살 꼬셨다.

　―니랑 내랑 같이 일하면 합도 잘 맞고 얼마나 좋노? 니 일 그만두면 너거 엄마는 우짤 긴데? 대책 있나?

퇴직금은 물 건너갔다고 생각했는지 얼음을 씹던 경숙이 그제야 자초지종을 털어놓았다.

빚 때문이었다. 미용실 사장에게 3년 전에 돈을 좀 빌렸는데 미용실 사장이 더는 못 기다려준다고 당장 갚으라고 했다는 것이었다. 친정엄마한테 다 보내서 돈이 없다고 조금만 기다려달라고 했더니 자기도 급하다면서 이번 달까지 절반이라도 안 갚으면 남편한테 찾아가서 받아내겠다고 으름장을 놓았다는 것이었다.

— 니 우리 남편 알제? 내 빚진 거 알면 절단 난다. 그날로 이혼이다.

아들들은 둘 다 취업 준비 중이라 돈이 없었고, 남편 몰래 돈을 빌릴 만한 친척도 없다고 했다.

— 내가 몇 달만 시간을 달라고

사정하니까 미용실 사장이 자기도 진짜 급하다 카면서 여기 그만두고 퇴직금이라도 받아서 갚으라 카대. 1년 넘게 일했으면 퇴직금 받을 수 있다 카면서……. 그래서 그랬다, 선희야.

경숙이 선희의 눈을 물끄러미 쳐다봤다. 이해를 구하는 눈빛이었다.

그 정도는 얼마든지 이해할 수 있었다. 식당을 하면서 온갖 사람을 다 겪었다. 5000원짜리를 주고 갔으면서 다음 날 찾아와서 실수로 5만 원짜리를 냈다며 거스름돈을 내놓으라는 여자가 있었다. 면은 다 먹고 국물만 남은 그릇에 머리카락을 집어넣고는 머리카락이 나왔으니 돈을 못 내겠다고 배 째라던 남자도 있었다. 소주를 가져와 두 시간 넘게 앉아서 마시고 간 주정뱅이도 있었고, 양을 많이 달라고 해서 많이 줬더니 국물이 짜서 다 못 먹었다며 반값만 내겠다고 한 젊은 사람도 있었다. 가게를 하지 않았다면 평생 말 한마디 섞을 일 없었을 손님도 꽤 있었는데, 뇌물 수수로 뉴스에 나온 정치인이 그랬고, 아침마다 해장하러 오는 술집 여자들이 그랬다. 술 냄새와 화장품 냄새를 풍기며 오는 여자들 사이엔 남자였다가 여자가 된 손님도 있었다. 곱게 화장한 얼굴과 달리 걸걸한 목소리 때문에 처음엔 거부감이 들었는데 1년, 2년 보다 보니 그냥 똑같은 사람이었다. 이해하려고 들면 이해 못 할 사정 같은 건 없다. 선희는 그런 마음으로 손님들의 차이와 지랄과 진상을 삼켰다.

궁지에 몰리면 협박할 수도 있지.

사정하지 않아도 선희는 경숙이 이해되었다. 해리 말대로 퇴직금 요구가

불법도 아니었다. 하지만 이해를 쉽게
내비치고 싶진 않았다.

　―내한테 사실대로 말하고 돈 좀
빌려달라 카면 될 걸 협박이나 해싸코. 그
여자한테 빚은 왜 졌는데?

　선희가 꼬장꼬장하게 물었다. 경숙은
플라스틱 빨대를 돌리기만 하고 대답은 하지
않았다.

　―니가 빚질 일이 뭐가 있는데? 말해봐라.

　선희가 계속 재촉하자 경숙이 어쩔 수
없다는 듯 실토했다.

　―미용실에서 고스톱 치다가…….

　―고스톱?

　―조금씩 빌렸는데 합치니까 300이 넘데.
내가 300을 당장 어디서 구하노. 니한테
빌릴라 캐도 니가 노름이라면 치를 떤다
아이가. 그런 아한테 노름빚 갚아야 한다고 돈

빌리달라는 말을 우예 하노.

　어떤 사정이라도 이해할 수 있을 줄 알았는데 노름 때문이라고 하자 선희의 마음에 벽이 섰다. 선희의 얼굴이 굳는 걸 보고 경숙이 서둘러 말했다.

　─ 도박은 아이고 그냥 고스톱이다, 고스톱. 동네 여자들끼리 치는 고스톱. 그냥 하면 재미없으니까 돈 쪼매씩 걸고 하는 기다. 내가 너무 못 쳐가 빚져서 그렇지, 진짜 도박은 아이다.

　선희의 남편도 처음엔 그렇게 말했었다. 동네 사람들끼리 재미로 치는 거라고. 따봤자 술값이고 잃어봤자 밥값이라고 했다. 그 술값, 밥값이 차값, 집값이 되는 건 순식간이었다.

　─ 니 지금도 치나?

　선희가 몸을 의자에 기대며 냉랭하게 물었다.

─안 친다, 지금은. 진짜로 안 친다. 여서 일하고 나면 피곤해서 고스톱 칠 힘도 없다.

경숙이 선희의 눈을 똑바로 보며 말했다.

─믿어도 되나?

─믿어도 된다.

경숙의 눈엔 정말 그러기로 맹세한 사람의 결의가 담겨 있었다. 선희는 결의보다는 차용증을 믿기로 했다. 달력 표지를 찢어 뒷면에 다시는 노름하지 않겠다는 걸 전제로 300만 원을 빌린다는 내용의 차용증을 쓰게 했다. 주민등록번호와 집 주소, 남편의 연락처까지 다 적은 후에 경숙이 지장을 찍었다.

─근데 이 돈을 우예 갚지?

경숙이 차용증을 건네며 걱정했다.

─내일부터 하루에 두 시간씩 더 일해라. 돈 다 제할 때까지. 그라믄 몇 달이면 갚겠네.

선희가 차용증을 접어 앞치마에 넣으며 말하자 경숙이 입이 찢어져라 웃었다.

─그런 방법이 있었네. 니 진짜 똑띠다.

경숙이 호들갑을 떨며 좋아하자 선희도 기분이 좋아졌다. 경숙이 퇴근하고 나면 혼자 일하는 게 늘 버거웠는데, 돈은 좀 써야 하지만 둘 모두에게 이로운 해결책을 금방 생각해낸 자기 머리가 기특하기까지 했다.

─근데 니 융통성이 그래 없나? 그냥 친정엄마 병원비라 카고 빌려달라 캤으면 내가 빌려줬을 긴데.

선희가 뒷정리를 하며 타박하자 경숙이 하던 설거지를 멈추고 선희를 보며 진지하게 말했다.

─내가 거짓말을 못한다 아이가.

그 말을 듣고 선희는 눈물이 날 정도로 웃었다.

─ 니 와 웃는데?

경숙이 영문을 모르겠다는 표정으로 물었다.

─ 도둑질도 하고 협박도 한 아가 거짓말을 못한다 카이 웃기나, 안 웃기나.

선희가 깔깔거리며 말했다. 경숙도 같이 웃어젖혔다.

─ 맞제? 내가 생각해도 좀 이상하다. 근데 도둑질은 진짜 아이다. 실수로 그런 기다.

─ 이제 손님들한테 돈 받을 생각은 하지도 마라. 시시티브이 달기 전에.

─ 안 받는다.

─ 고스톱 치러 가면 그땐 진짜 얄짤 없데이.

─ 안 간다.

선희는 노름이 그렇게 쉽게 끊을 수 있는 것이 아니란 걸 알았다. 하지만 남편에게 그랬던 것처럼 한 번은 경숙을 믿어보기로 했다. 나중에 똥멍청이 같은 짓이었다고 후회할 수도 있지만, 경숙만 한 사람은 없었으므로. 아니, 경숙이었으므로. 믿고 싶었으므로.

집으로 가는 발걸음이 오랜만에 가벼웠다. 뜨거운 햇볕은 비타민D의 축복 같았고, 코에 맺힌 땀방울은 건강의 징표 같았다. 선희는 반신욕을 마치고 침대에 누워 딸에게 전화했다. 어제 해리가 전화를 뚝 끊어버렸던 것이나 그동안 참아왔던 말을 다 해버린 것이 마음에 걸렸지만, 부모 자식 간에는 얼마든지 그럴 수 있다고 생각했다.

— 여보세요?

길게 울리던 발신음이 거의 끝나갈 무렵 딸이 전화를 받았다.

―해리야.

선희는 1년 만에 연락이 닿은 양 딸의 이름을 반갑게 불렀다. 해리가 잠깐 가만히 있다가 어색하게 대꾸했다.

―응.

―밥 뭇나?

―아직.

―오늘 일 마치고 아줌마랑 이야기했다.

선희는 문제가 얼마나 잘 해결되었는지 딸에게 얼른 알려주고 싶었다. 경숙이 돈을 훔쳐 간 적 있다는 거나 도박으로 진 빚을 대신 갚아주기로 했다는 건 말하지 않을 작정이었다. 도둑질한 사람과 계속 일하기로 한 걸 딸이 이해할 리 없었고, 도박 빚 때문에 가까운 사람을 협박하기도 하는 세상이 있단 걸 알게 하고 싶지도 않았다. 딸은 세금을 또박또박 내고 도둑질하면 잡혀가는 게 당연한 세상에만 머물게 하고 싶었다.

― 아줌마가 갑자기 돈이 필요해서 그랬단다. 그래서 내가…….

전후 사정을 생략하고 자기가 얼마나 멋진 해결책을 제시했는지 자랑하려고 시동을 거는데 해리가 말을 끊었다.

― 엄마.

― 어.

― 엄마, 그거 때문에 전화한 거야?

― 어, 왜?

― 엄마는 정말…….

선희가 당연하다는 듯 말하자 해리가 말하다가 울먹거렸다.

― 니 우나?

선희는 휴대폰에 귀를 바짝 갖다 댔다.

― 엄마는 진짜…….

해리가 또 말을 하다 말았다. 이제는 아예

흐느꼈다.

―해리야, 니 우나?

선희가 물을수록 해리의 흐느낌이 점점 커졌다.

―해리야, 니 와이카노? 무슨 일 있나? 울지 말고 엄마한테 천천히 말해봐라.

선희는 어쩔 줄 몰라 하며 침대에서 일어났다. 딸의 서러운 울음이 계속되자 선희의 눈도 축축해졌다. 해리는 뭔가를 말하려고 몇 번이나 시도했지만 그때마다 목이 메는지 말을 하다가 말았다. 선희는 같은 말만 반복했다.

―니 와이카노? 니 진짜 와이카노?

그러다 해리의 울음소리가 멈췄다. 전화가 끊긴 것이었다.

뭐가 저리 맺힌 게 많을꼬.

선희는 어렸을 때도 좀처럼 울지 않던

딸이 저리 서럽게 우는 이유가 조금도 가늠되지 않았다. 떨리는 가슴을 진정시키고 아들에게 전화했다. 해리에겐 다시 전화할 용기가 나지 않았다. 받지 않을까 봐. 아직도 울고 있을까 봐.

─ 엄마, 잘 지냈나?

아들의 목소리가 밝았다. 전화를 자주 하지 않는 건 해리와 비슷했지만, 찬성이는 며느리가 옆에 없을 땐 해리보다 살갑게 엄마의 전화를 받았다.

─ 어, 잘 지냈지. 니도 별일 없제?

─ 응, 우리야 뭐 늘 똑같지. 출근하고 퇴근하고 밥 먹고 똥 싸고.

선희는 아들이 다른 이야기를 꺼내기 전에 바로 용건을 말했다.

─ 니 최근에 해리랑 연락한 적 있나?

─ 해리? 왜? 해리한테 뭔 일 있나?

최근에는 연락한 적 없는데?

해리는 어릴 때부터 오빠를 잘 따랐다. 아빠가 좋아, 엄마가 좋아 물어보면 오빠가 좋다고 대답할 정도였다. 찬성이도 결혼하기 전까진 동생을 잘 챙겼다. 결혼한 후로는 좀 데면데면하게 지내는 모양이었다.

―니 해리 요새 무슨 일 하는지 아나?

―소설 쓴다 아이가?

―소설 말고 돈 버는 일.

―돈 버는 일? 편의점 알바?

―편의점 알바?

―어, 대학 다닐 때 알바하던 편의점 사장이 좀 도와달라 캐가 회사 그만둔 뒤로 가끔씩 나간다 카든데. 엄마는 몰랐나?

선희는 몰랐다. 해리가 자신에게는 말해주지 않았다. 편의점에서 일하는 것도, 대학 다닐 때 아르바이트했었단 것도.

―해리가 대학 다닐 때 아르바이트했나?

―많이 했지. 과외도 하고 카페 알바도 하고 편의점도 하고. 편의점에서 제일 오래 일했을걸?

―내가 생활비 보내줬잖아.

―엄마는 월세랑 진짜 딱 먹고살 만큼만 보내줬다 아이가. 옷 사고 친구들이랑 놀려면 부족하지.

―그라믄 와 더 보내달라 안 캤는데?

선희가 그렇게 묻자, 동생의 마음을 잘 안다는 듯 막힘없이 술술 말하던 찬성이 입을 다물었다.

―와 갑자기 말을 안 하노? 희진이 왔나?

―아니, 희진이 오늘 늦게 오는 날이다. 요새 학교에 일이 많아가 내보다 맨날 늦게 온다.

찬성이 은근슬쩍 말을 돌렸다. 그래시

선희는 해리가 돈을 더 보내달라고 말하지 않은 이유가 자신에게 있단 걸 알았다. 엄마가 고생하니까 미안해서? 아니다. 그러면 찬성이가 말 못 할 이유가 없다. 내가 잔소리할까 봐? 공부에만 집중하라 칼까 봐?

그때 찬성이 장난스럽지만 은근히 비난하는 투로 말했다.

— 엄마는 돈 달라 카면 화부터 냈잖아.

내가? 내가 언제? 선희는 황당했다. 돈을 주고, 주고, 또 줬는데 뭐라카노? 선희는 자식들이 엄마의 고생을 다 알아줄 거라 기대하진 않았다. 알아달라고 부담을 주고 싶지도 않았다. 하지만 이렇게 매도할 줄이야. 내가 누구 때문에 팔다리가 바스러져라 일했는데!

— 근데 왜? 해리한테 뭔 일 있나?

찬성이 걱정하며 물었다.

─ 아이다. 전화를 안 받아가.

선희는 아들에게 더는 아무 말도 하고 싶지 않았다.

─ 소설 쓰나 보지. 해리 글 쓰면 전화 잘 안 받는다.

─ 그래, 알았다. 드가봐라.

─ 응, 엄마도 잘 쉬세요.

선희는 충전 중이던 마사지기를 꺼냈다. 헤드에 달린 뾰족한 봉들이 선희의 어깨를 쉴 새 없이 내리쳤다. 선희는 마사지기로 가슴도 내리치고 싶었다. 삽 하나를 구해 가슴을 파버리고 싶었다. 속이 문드러졌다.

─ 선희야, 니는 참 복도 없다. 우예 니 마음 알아주는 사람이 하나도 없노.

5

 딸이 무슨 생각을 하는지 도통 모르겠다고 선희가 말하자, 경숙은 자기 두 아들은 사춘기 때부터 그랬다고 했다.

— 말을 해야 알지. 그놈 자식들은 입을 꾹 다물고 아예 말을 안 했다.

— 지금도 그카나?

— 군대 가서 말을 배웠는지 제대한 뒤로는 조금씩 한다. 물어보면.

— 내 딸은 서른이 넘어서 사춘기가 왔는가, 물어도 잘 말을 안 한다.

 선희는 사춘기 때 해리가 어땠는지 기억나지 않았다. 찬성이도 마찬가지였다. 장사를 시작한 후로 시장이 문 닫는 둘째, 넷째 일요일만 쉬었는데, 휴일엔 교회를 가거나 목욕탕을 가거나 밀린 집안일을 했다.

애들의 생활을 궁금해하기엔 시간과 에너지가 턱없이 부족했다. 입학식이나 졸업식은 한 번도 못 갔고, 생일을 챙겨준 적도 없었다. 어릴 땐 생일 선물을 사달라고 조르던 해리도 시어머니가 돌아가시고 중학생이 된 후로는 그런 말을 일절 하지 않았다. 시어머니가 하던 살림을 도맡아 하면서도 불평 한 번 하지 않았다. 그래서 선희는 해리가 엄마의 고생을 이해한다고 생각했고, 참한 딸이라고 생각했다. 어제 딸이 우는 소리를 들은 후로는 뭔가 잘못 생각하고 있던 걸지도 모른다는 불안이 움텄다.

─ 니 딸은 작가 아이가. 물어볼 필요가 뭐 있노? 책 읽어보면 무슨 생각하는지 다 나와 있을 긴데.

작가의 삶에 대해 아는 체하는 경숙의 조언을 듣고, 선희는 일곱 편의 단편 중

하나만 읽고 덮어두었던 책 《보이지 않는》을 다시 펼쳤다. 이걸 다 읽고 딸이 어떤 생각을 하는지 알게 되면 좋고, 그게 아니더라도 책 읽은 걸 핑계 삼아 딸에게 전화할 생각이었다. 책 내용을 이야기하기 어려우면 곧 있을 대통령 선거 이야기를 해도 좋겠다고 생각했다.

지금까지 선희는 딸이 제발 찍지 말라고 하는 후보들에게 표를 줬다. 대구 사람들이 항상 뽑는 정당과 거기서 출마한 후보들을 딸이 질색한다는 걸 알았으나 안 좋은 소문을 너무 많이 들은 탓에 딸이 찍길 바라는 정당이나 후보들에겐 도저히 표를 줄 수 없었다. 갑작스러웠던 계엄령 선포와 탄핵으로 치러지는 이번 선거도 마찬가지였다. 딸이 지지할 것 같은 후보는 아무리 봐도 비호감이었다. 그렇다고 늘 찍던

정당의 후보에게 표를 주고 싶지도 않았다. 자기가 뽑은 대통령이 두 번이나 탄핵을 당한 것이 선희는 마음에 걸렸다.

내가 사람 보는 눈이 그래 없나?

정치엔 관심 없었지만, 선희는 탄핵을 당할 만큼 모자란 사람들을 뽑은 것에 일말의 책임을 느끼고 있었다. 책임이라면 지긋지긋했다. 이번엔 동네 사람들이 뽑는다는 후보 말고 다른 후보를 뽑을 생각이었다. 당선이 유력한 비호감 후보와 당선 가능성이 조금이라도 있는 후보는 다 제치고, 한 번도 들어보지 못한 정당의, 절대로 당선되지 않을 후보의 이름 옆에 도장을 콱 찍을 작정이었다. 반성보다는 책임 회피에 가까웠지만 해리는 이런 선택이라도 반길 게 틀림없다고 생각하며 선희는 딸이 쓴 책을 읽어나갔다. 역시 재미가 없었다.

순 애들 이야기였다. 해리가 사준 스탠드를 켰는데도 눈이 침침했다. 고등학생 남자애가 나이를 숨기고 공사장에서 일하는 두 번째 단편을 다 읽기도 전에 선희는 곯아떨어졌다. 다음 날도 마찬가지였다. 고등학생 남자애가 나이를 들켜 잘렸다는 부분을 읽다가 돋보기를 쓴 채로 곯아떨어졌다. 아무래도 반신욕 때문인 듯했다. 반신욕을 하고 나면 몸의 긴장이 완전히 풀려 눈이 끔벅끔벅했다. 그런 상태로는 책을 읽을 수 없다고 판단한 선희는 책을 다 읽을 때까지 반신욕을 하지 않기로 했다. 샤워만 하고 거실을 돌아다니며 서서 책을 읽기로 했다. 할 수 있는 노력은 다 하고 싶었다. 딸이 우는 이유를 조금도 짐작할 수 없었을 때의 무력감을 다시는 맛보고 싶지 않았다. 딸이 울면 니 와이카노? 하고 묻는 게 아니라 니 그것 때문에 그러나?

하고 위로를 건넬 단서라도 찾길 바랐다. 하지만 반신욕까지 포기하고 안간힘을 다해 책을 읽은 선희가 마지막 장에서 발견한 건 단서가 아니라 또 다른 미로로 안내하는 초대장이었다.

오빠보다 나를 더 좋아한 아빠에게 이 책을 바칩니다.

그게 다였다. 작가의 말이라고 적힌 마지막 장엔 그 한 문장만 덩그러니 적혀 있었다. 엄마라는 단어는 어디에도 없었다. 아빠가 죽은 지 얼마 안 됐을 때 나온 책이니 그럴 수 있다고 선희는 생각했다. 하지만 섭섭했다. 딸에게 전화하려고 그렇게 열심히 책을 읽었으면서 전화하고 싶은 마음이 싹 사라졌을 만큼.

대통령 선거를 사흘 앞둔 5월의 마지막

토요일이었다. 점심시간이 지났는데도 등산복 차림의 일행 여섯 명이 선희의 도마 앞에 줄 서 있었다. 선희는 언제나처럼 친절하고 빠르게 주문을 받고 반죽을 밀고 썰고 끓였다. 경숙은 주방과 가게 안을 오가며 그릇을 나르고 치우고 씻었다. 앞산으로 등산을 다녀왔다는 손님들은 줄 서 있는 동안 요란하게 의논하더니 냉칼국수 두 개, 손칼국수 두 개, 콩 칼국수 두 개를 주문하고는 자리가 나자 안으로 들어갔다.

— 퍼뜩 만들어주께. 잠깐만 앉아 있으이소.

임 사장의 경쾌한 응대에 손님들이 기분 좋게 응수했다.

— 천천히 하이소. 서두르다 손 베임니더.

— 30년 동안 내 손가락 먹은 손님은 한 명도 없다. 걱정 마이소.

선희는 얇고 넓게 민 반죽을 둘둘 말아 칼질을 시작했다. 자리에 앉은 손님들이 선희를 보며 한마디씩 했다.

— 와, 칼질 봐라. 보지도 않고 막 써시네.

— 요즘 저래 손으로 하는 집 없다.

— 손으로 썰어가 그래 쫄깃한 기다.

면을 기계로 뽑지 않고 손으로 썰면 굵기가 조금씩 달라 식감이 다채로웠다. 면이 쫄깃한 건 반죽의 숙성 정도와 조리 방법 때문이지 칼질과는 아무 상관없었다. 선희는 식전 쇼를 보여준다는 심정으로, 조미료를 넣는다는 마음으로 정성껏 칼질을 했다. 실제로 육수에 조미료도 조금 넣었다. 손님들은 그것도 모르고 이 집은 조미료를 안 써서 속이 편하다는 말을 자주 했다. 그러면 선희는 웃기만 했다.

경숙이 냉칼국수 두 그릇과 손칼국수

두 그릇을 쟁반에 올려 날랐다. 선희는 면을
담은 그릇에 뽀얀 콩물을 부었다. 그때 누군가
들어오는 기척이 났다.

— 어서 오이소.

면 위에 오이와 콩가루를 올리고
돌아보니 손님이 아니라 해리였다.

— 니가 웬일이고?

선희가 놀라 콩가루 통을 급하게 닫으며
말했다. 경숙은 빈 쟁반에 콩 칼국수 두
그릇을 올리며 청바지에 줄무늬 반소매
티셔츠를 입은 단발머리 여자를 쳐다봤다.

— 내 딸이다.

선희가 소개하자 해리가 경숙을 보고
허리를 꾸벅 숙였다. 경숙이 환하게 웃었다.

— 아, 소설가 딸. 얼굴은 처음 보네.

경숙의 아는 체에 해리는 한 번 더 꾸벅
인사하고는 구석으로 비켜섰다.

─ 일 있어서 왔나? 온다고 말이라도 하지.

선희는 딸이 온 게 좋아서 가슴이 뛰었다.

─ 언제 올라가는데?

─ 바로 가야 돼. 잠깐 들렀어.

─ 점심 뭇나? 국수 하나 해주까?

─ 괜찮아. 점심 먹고 왔어.

선희는 딸에게 하고 싶은 이야기가 많았다. 책을 다 읽었다는 이야기도 하고 싶었고, 선거 이야기도 하고 싶었고, 찬성이 여름휴가 때 내려오기로 했다는 이야기도 하고 싶었다. 묻고 싶은 것도 많았다. 편의점 아르바이트는 할 만한지, 대학 다닐 때 아르바이트했던 이야기는 왜 안 했는지, 월세가 부담되진 않는지, 뭐 필요한 건 없는지, 먹고살 만한지……. 딸이 서럽게 울던 지난 통화나 책의 마지막 장에 적힌 문장에 관해선 이야기하지 않을 생각이었다. 그런데 오줌이 마려웠다. 방광염으로 또 고생하지 않으려면 줄 선 손님이 없을 때, 경숙이 퇴근하기 전에 얼른 화장실에 다녀와야 했다.

— 경숙아, 내 화장실 금방 갔다 오께.

선희는 앞치마를 벗어 던지며 테이블을 정리하고 있는 경숙에게 소리쳤다. 주방 구석에 앉은 해리에게도 말했다.

— 좀만 기다리래이.

선희는 종종걸음으로 가게를 나와 시장 입구에 있는 공용 화장실로 달려갔다. 딸의 얼굴을 보는 순간 꿍했던 마음이 다 풀렸다. 딸이 찾아와준 게 고마웠고, 먼저 전화하지 않은 게 미안했다.

— 그게 뭐라고 섭섭해가……. 선희야, 니도 늙었다.

선희는 손을 깨끗이 씻은 후 해리에게 사줄 만한 게 있는지 둘러보면서 가게로 갔다.

기름집 사장이 싱글벙글한 선희의 얼굴을 보고 한마디 했다.

— 찬성아, 뭐 좋은 일 있나?

— 예, 근데 비밀임더.

— 와 비밀이고. 나도 좀 알자.

부러운 척하는 기름집 사장의 대꾸에 선희는 기분이 더 좋아졌다. 맛있는 걸 사줄 테니 저녁 먹고 가라고, 아니 하룻밤만 자고 가면 안 되냐고 물어봐야겠다는 생각이 들었다. 상자에서 양파를 꺼내 파란 플라스틱 바구니에 담는 양말 할매와 보기 좋게 줄 맞춰 떡을 진열해놓은 떡집과 경숙과 해리가 마주 서서 이야기를 나누고 있는 찬성칼국수 주방이 보였다. 가까이 다가가자 두 사람의 표정이 보였다. 경숙은 당황해서 어쩔 줄 몰라 하고 있었고, 해리는 흐트러짐 없이 차분한 얼굴이었다. 선희가 들어가자 경숙이 곤란하다는 눈빛으로 선희를 쳐다봤다. 해리는 선희의 시선을 피했다.

― 와? 무슨 일 있나?

선희가 묻자 경숙이 손에 쥔 하얀 규격 봉투를 들어 올렸다.

― 니 딸이…….

― 해리가 와?

선희가 밥솥 위에 던져둔 앞치마를 매며 물었다. 경숙이 주저하다가 말했다.

― 퇴직금이란다.

경숙이 봉투를 조금 더 들어 올렸다.

― 엄마랑 이야기 다 됐다 캤는데도 이래 억지로 준다.

해리는 여전히 선희를 보지 않았다. 누렇게 바랜 시멘트 벽만 보고 있었다. 뽀로통한 해리의 옆얼굴을 보고 선희는 퇴직금을 주고 싶으면 네가 벌어서 주라고 한

말 때문에 딸이 이런다는 걸 알았다. 엄마한테 10원이라도 준 적 있냐고 한 말 때문인지도.

어쩜 저럴까.

선희의 가슴속에서 원망이 치솟았다. 자식들을 남부럽지 않게 키우려고 고생을 많이 했지만, 자식들이 원망스러웠던 적은 없었다. 찬성이와 해리는 선희가 사는 이유였다. 돈을 버는 이유였다. 지금은 원망스러웠다. 엄마의 마음을 조금도 몰라주는 딸이.

― 니 돈이 그래 많나? 돈이 남아도나?

화가 난 선희가 빈정거리자 해리가 그제야 고개를 돌려 선희를 쳐다봤다. 무심해 보이려 애쓰지만 온통 흔들리는 눈빛이었다.

― 응, 남아돌아.

딸이 차갑게 뱉은 말을 듣는 순간 선희는 해리가 중학생 때 했던 말이 생각났다.

엄마가 이렇게 친절한 사람이었어?

원망이었다. 감탄 아래에 깔려 있던 감정은 원망이었다. 선희는 깜짝 놀랐다. 자식들이 자신을 원망할 수 있다는 생각은 한 번도 해본 적 없었기 때문이었다. 하지만 해리가 자신을 원망했다고 가정하자 해리가 왜 그런 말을 했는지 알 것 같았다. 해리가 원한 게 무엇이었는지도 알 것 같았다. 친절이었다. 다정이었다. 해리는 선희가 손님에게 보이는 친절, 그 얕은 친절도 부러워할 만큼 엄마의 사랑이 고팠던 것이다.

그걸 이제야 알다니……. 해리가 쓴 책에 나오는 애들이 맨 그런 애들이었는데.

선희는 딸을 향해 치솟았던 원망이 흔적 없이 사그라지는 걸 느꼈다. 사춘기 시절 딸의 가슴속에 박힌 원망은 그러지 않을 것 같았다. 사그라진다 해도 진한 흉터를 남길 것 같았다.

이를 어째. 원망을 품고 사는 게 얼마나 힘든데.

선희는 자기도 모르게 딸에게 다가가 딸의 손을 덥석 잡았다. 해리가 놀라 눈을 동그랗게 떴다. 선희가 아무 말도 하지 않고 쳐다보기만 하자 해리는 고개를 돌려 다시 시멘트 벽을 봤다. 손을 빼지는 않았다.

후회가 선희의 가슴을 할퀴었다. 할 수만 있다면 손님들에게 주었던 친절과 다정을 다 거둬들여 딸에게 주고 싶었다. 하지만 손님들에게 받은 돈 덕분에 가정을 건사할 수 있었다. 그 고마움을 잊고 이제 와서 받아간 친절과 다정을 뱉어내라고 할 수는 없는 노릇이었다. 탓할 수 있는 건 딸보다 손님들의 표정을 먼저 살펴야 했던 자신의 처지뿐이었다. 딸을 향한 안타까움과 자신을 향한 서글픔이 반죽되어 선희의 가슴속에 커다란 덩어리로 내려앉았다.

    경숙이 하얀 봉투를 도마 위에 올려놓고 테이블을 치우는 척 가게 안으로 들어갔다. 해리는 벽이 책이라도 되는 양 뚫어지게 봤다. 선희는 딸의 가슴에 쌓인 원망을 알아줘야 할 때란 걸 알았다. 하지만 자신의 고백에도 딸이 여전히 자신을 원망할까 봐 두려웠다. 정말 두려웠다. 그래서 땀이 배어 나와 축축해진 손으로 보드라운 딸의 손을 어루만지며 응석 부리듯 말했다.

    — 니 진짜 와이카노?

작가의 말

예전에는 가까운 사람들에게 깊은 이해를 바랐다. 지금은 어렴풋한 이해와 알아주려는 노력이면 된다. 그것만으로도, 아니 그 덕분에 나는 넉넉히 살아간다.

2025년 여름

김유원

김유원 작가 인터뷰

Q. 《와이카노》는 한평생 시장에서 장사를 해온, 누군가는 소위 '일복 많다'고 혀를 찰 60대 여성이 그 '일복'을 쳐내느라 자식들의 마음은 챙기지 못하고, 단절된 다정과 친절 속에 겹겹이 쌓이는 상처와 원망들을 다루고 있습니다. 사실 바쁘고 무뚝뚝한 부모와 결핍된 자식의 이야기는 평범한 주제일 수 있어요. 그러나 《와이카노》가 가진 경상도 사투리의 말맛과 '손칼국숫집' 사장이라는 설정이 소설을 입체적으로 꾸며줍니다. 어딘지 정겨운 특색이 더해지니 장안의 화제였던 드라마 〈폭싹 속았수다〉의 분위기도 느껴지고요. 강아지를 보면 '귀엽다'가 단번에 떠오르는 것처럼, 자영업 그것도 요식업에 종사하는 인물은 강한 생활력과 체력, 성실 등의 단어가 바로 연상됩니다. 과일 가게나 생선 가게, 고깃집 등 보다 흔한 업종을 두고

'칼국숫집'을 택한 건 나름의 의도가 있다라고 생각되었어요. 어떤 이야기를 쓰실 건지 여쭤보았을 때도 바로 '대구'와 '칼국수'를 말씀하셨지요. 특별한 이유가 있을까요?

A. 저희 엄마가 실제로 대구에서 칼국숫집을 하고 계시기 때문입니다. 엄마와 통화하면 가게에서 있었던 일을 종종 듣는데요. 그럴 때마다 엄마가 사는 세계와 제가 사는 세계가 다르단 걸 많이 느껴요. 사람과 관계 맺고 대화하는 방식도 다르고, 일상에서 생기는 문제의 종류와 그 문제를 해결하는 방법도 다르고요. 저는 늘 그런 차이에 흥미를 느끼며 엄마의 이야기를 들었어요. 소설에 나오는 퇴직금 에피소드도 엄마가 직접 겪으신 일이었어요. 물론 저희 엄마는 선희와는 전혀 다른 방식으로

문제를 해결하셨고, 저 역시 해리와는 달리 그저 엄마의 이야기를 듣기만 했지만, 이 소설의 많은 부분이 엄마의 직업적 경험과 살아온 시간에 기대고 있습니다. 원래는 대구의 칼국숫집을 배경으로 한 연작 소설을 쓸 계획이었어요. 엄마가 보여주는 사장님으로서의 모습이 늘 멋있다고 생각했고, 계급, 정치 지향, 성별, 나이가 제각각인 사람들이 한 끼를 먹기 위해 모이는 시장의 칼국숫집도 매력적인 공간이라고 생각해서 조금씩 에피소드를 모으고 있었어요. 그러다가 위픽 시리즈 제안을 받고 그럼 이번 기회에 첫 편을 써볼까 하고 쓰게 된 게 《와이카노》입니다. 소설가인 딸 해리가 등장하는 바람에 계획했던 것과는 달리 엄마와 딸의 관계에 집중한 이야기가 되었는데요. 언젠가 완성하게 될 연작 소설은 대구라는 도시와 사회관계망에 초점을 맞춘 이야기가 될 것 같습니다.

Q. 남편과 사별하고 혼잣말이 느는 선희는 "오늘도 고생했다"(15쪽) "괜찮다, 선희야, 괜찮다"(60쪽)라는 말을 자주 합니다. 나이가 들고 몸과 마음이 약해지면 사람들은 내가 열심히 그리고 힘들게 가꿔온 삶이 뿌듯하기보다는 서럽게 느껴지나 봐요. 더욱이 선희와 같은 세대의 부모님들은 젊고 팔팔할 땐 팔팔하니까 일하고, 늙고 지칠 땐 할 줄 아는 게 그것뿐이라 일하시죠. 그러다 보면 '왜 일만 했을까……' '내 인생에 남은 건 무엇일까……' 싶은 헛헛하고 권태로운 감정이 몰려올 것 같아요. 어쩌면 선희가 가장 듣고 싶었던 말, 자신에게 해줘야 했던 말은 "잘 살았다" "똑띠 살았네" 같은 게 아니었을까요? 딸 해리를 향해 꺼낸 "니 와이카노? 니 진짜 와이카노?"(103쪽)라는 말도 실은 "너 괜찮니? 나한테 상처받았니?"라는 의미였을 텐데,

서걱서걱 칼국수 면 썰리듯 썰려버리는 말들을 보면, 선희는 참 진심에 서툰 사람이구나 싶어 안타까워져요.

A. 선희는 스스로를 위하는 방법을 모르고 위하는 말을 할 줄도 모르는 사람인 것 같아요. 어색한 거겠죠. 그 시절의 대다수 여성에겐 타인이 아니라 자신을 위하는 일이 허락되지 않았으니까요. 그 희생의 수혜자들이 그런 말을 해주면 좋을 텐데, 그들에게도 나름의 아픔과 상처가 있어서인지 그 역시도 쉽지 않은 것 같아요. 그렇다고 이제 와서 선희에게 자신을 위해 살라거나 진심을 표현해보라고 하는 건 좀 뻔뻔한 일 같아요. 어떻게 해야 선희의 헛헛함이 채워질 수 있을까요? 선희가 자신의 삶에 자부심이 없는 건 아니라고 생각해요. 자식들을 키우고 가정을 무사히

건사한 것에 분명 커다란 자부심을 가지고 있을 거라고 생각합니다. 대단한 일이니까요. 어쩌면 선희는 자신이 평생을 바쳐 책임진 것의 무게에 비해 그 수고를 알아주는 사람이 턱없이 부족하기 때문에 헛헛함을 느끼는 것 아닐까요? 선희 역시 손님들이 하는 얕은 칭찬이 아니라 가까운 사람들의 진심 어린 표현을 기다리고 있는 건 아닐까요? 서로의 고생을 알아주려 노력하고 서로의 감정을 물어봐주는 것이 중요하다고 생각합니다. 이 소설은 지금까지 많은 것을 책임졌고, 지금도 그러고 있는 엄마의 시간을 알아주려는 저 나름의 노력입니다.

Q. 작가님은 스스로에게 해주고픈 말이 있나요?

A. 아무리 생각해봐도 "정신 똑바로 차리고 살아라"라는 말 외엔 다른 말이 떠오르지 않네요. 제가 정신줄을 놓고 사는 시간이 많다고 생각해서 그런 것 같아요. 제가 하는 일이 자기 연민에 빠지기 쉬운 일이라서 그런 것 같기도 하고요. 자기 연민에 빠져 허우적거리고 있으면 아무리 가까운 사람이라도 경고해주기가 어렵잖아요. 저는 제 상태가 결과물로 드러나는 일을 하고 있으므로 '셀프 경고'라도 하려고 노력합니다. 그리고 아무 생각 없이 어영부영 살다가 죽기 직전에야 삶이 무엇인지 깨닫고 "이렇게 사는 게 아니었어" 하고 몸서리치게 후회할 것 같은 예감에 종종 시달리는데요. 죽음을

앞두기 전에는 삶의 실체를 알 수 없을 테니 후회는 필연이겠죠. 하지만 정신을 똑바로 차려서 후회의 정도는 좀 줄여보고 싶습니다.

Q. 야구라는 스포츠에 각기 다른 방식으로 얽힌 세 사람이 무한 경쟁 시스템 안에서 부서지며 겪는 성장의 시간을 담은 옴니버스 소설 《불펜의 시간》과 국내에서 발생한 정체불명의 '홀'과 관련된 여덟 인물의 이야기를 조밀하게 엮어낸 《미확인 홀》에서는 인물들이 서로에게 조력하며 각자의 성장을 돕는 관계가 그려집니다. 반면 《와이카노》는 일방향의 소통과 애정이 표현되었다고 생각했어요. 등장하는 인물도 상대적으로 적었고요. 장편과 단편의 차이일 텐데 이런 전환이 어색하진 않으셨나요?

A. 저는 한 사람이 끌고 가는 이야기보다 여러 인물이 느슨하게 연결되어 희미한 손짓 정도를 주고받는 이야기를 좋아하는 것 같아요. 이번 소설은 단편이라 선희의

시선으로만 이야기를 전개했는데요. 그러다 보니 쓰는 동안 해리의 입장에서 하고 싶은 이야기, 찬성의 이야기, 그 외 다른 인물들의 이야기가 삐져나오려는 걸 막느라 힘들었습니다. 연작으로 쓸 예정이니 다른 인물에게도 곧 차례가 갈 거야, 하면서 겨우 막을 수 있었어요. 왜 연작 형태의 이야기를 좋아하는지 생각해본 적 있는데요. 세상이 돌아가는 방식, 시스템에 관심이 많아서 그런 것 같아요. 시스템 혹은 하나의 사건이 각기 다른 개인에게 어떤 영향을 미치는지, 반대로 각기 다른 개인이 같은 사건이나 시스템을 어떤 방식으로 통과해 가는지를 보는 것에 흥미를 느낍니다. 그리고 특출난 소수가 만드는 변화보다는 평범한 사람들의 느슨하지만 지속적인 연대에 희망이 있다고 생각합니다. 그래서 다양한 인물들이 자기가 할 수 있는 만큼 세상에 간섭하고 서로를 책임지는 현실적인 이야기들을 좋아합니다.

Q. 작가님 작품에서 빼놓을 수 없는 게 있다면 '영상미'입니다. 《불펜의 시간》 속 계투 선수의 비하인드나, 공중으로 한 번 붕 떴다가 모든 것을 빨아들이는 《미확인 홀》의 구멍처럼, 실제 겪지 못하거나 있을 수 없는 장면이 작가님의 문장과 만나면 눈앞에 환하게 펼쳐져요.

《와이카노》에서도 장사를 준비할 때 셔터를 반쯤만 열어놓고 한다거나, 주변 상인들이 선희를 '찬성칼국수'의 앞 글자를 따서 "찬성아" 하고 부른다거나, "딸을 향한 안타까움과 자신을 향한 서글픔이 반죽 되어 선희의 가슴속에 커다란 덩어리로 내려앉았다"(124~125쪽) 등의 표현이 돋보입니다. 부드럽고 유려하게 삼켜지는 문장들은 읽고 상상을 한다기보다는 상상이 주입되는 것에 가까울지도 모르겠고요.

이처럼 생동하는 소설을 쓰기 위해 고심하는 부분이 있나요? 다큐멘터리를 만드는 일이 영향을 미친다고 생각하시는지 궁금합니다.

A. 분명 영향을 미친 것 같아요. 오랫동안 카메라로 세상을 보고 이미지로 의미를 전달하는 일을 해와서인지 의식하지 않고 편하게 쓰는데도 이미지나 장면 중심의 표현이 글에 녹아나는 것 같아요. 인물의 행동이나 공간이 이미지로 그려지지 않으면 글이 잘 안 써지기도 하고요. 글을 쓰기 전에 마치 촬영을 하듯 인물이 있는 (상상의) 공간을 둘러보고 거기서 벌어지는 일을 충분히 관찰히는 편입니다. 그리고 다큐멘터리를 촬영하다 보면 카메라로 묵묵히 상황을 지켜봐야 할 때가 많은데요. 출연자에게 집중하느라 저를 잊을 때, 제가

작아지고 거의 사라진 것 같은 느낌이 들 때 인물이 가장 생생하게 담긴다는 걸 많이 경험했어요. 소설 쓰기도 마찬가지인 것 같아요. 작가가 원하는 방향으로 인물을 끌고 가려고 애쓸 때보다는 인물이 작가를 제치고 이야기를 장악할 때 생동하는 이야기가 만들어진다고 생각합니다. 그래서 캐릭터와 사건을 설정한 후에는 최대한 작아지려고 노력합니다. 제가 만든 판에서 인물들이 활개 치는 순간을 기다리면서요.

한 조각의 문학, 위픽 （wefic）

구병모　《파쇄》
이희주　《마유미》
윤자영　《할매 떡볶이 레시피》
박소연　《북적대지만 은밀하게》
김기창　《크리스마스이브의 방문객》
이종산　《블루마블》
곽재식　《우주 대전의 끝》
김동식　《백 명 버튼》
배예람　《물 밑에 계시리라》
이소호　《나의 미치광이 이웃》
오한기　《나의 즐거운 육아 일기》
조예은　《만조를 기다리며》
도진기　《애니》
박솔뫼　《극동의 여자 친구들》
정혜윤　《마음 편해지고 싶은 사람들을 위한 워크숍》
황모과　《10초는 영원히》
김희선　《삼척, 불멸》
최정화　《봇로스 리포트》
정해연　《모델》
정이담　《환생꽃》
문지혁　《크리스마스 캐러셀》
김목인　《마르셀 아코디언 클럽》
전건우　《앙심》
최양선　《그림자 나비》
이하진　《확률의 무덤》
은모든　《감미롭고 간절한》
이유리　《잠이 오나요》
심너울　《이런, 우리 엄마가 우주선을 유괴했어요》
최현숙　《창신동 여자》

연여름	《2학기 한정 도서부》
서미애	《나의 여자 친구》
김원영	《우리의 클라이밍》
정지돈	《현대적이라고 말할 수 없는 죽음들》
이서수	《첫사랑이 언니에게 남긴 것》
이경희	《매듭 정리》
송경아	《무지개나래 반려동물 납골당》
현호정	《삼색도》
김 현	《고유한 형태》
이민진	《무칭》
김이환	《더 나은 인간》
안 담	《소녀는 따로 자란다》
조현아	《밧줄광대놀음》
김효인	《새로고침》
전혜진	《고르디우스의 매듭을 자르면》
김청귤	《제습기 다이어트》
최의택	《논터널링》
김유담	《스페이스 M》
전삼혜	《나름에게 가는 길》
최진영	《오로라》
이혁진	《단단하고 녹슬지 않는》
강화길	《영희와 제임스》
이문영	《루카스》
현찬양	《인현왕후의 회빙환을 위하여》
차현지	《다다른 날들》
김성중	《두더지 인간》
김서해	《라비우와 링과》
임선우	《0000》
듀 나	《바리》
한유리	《불멸의 인절미》
한정현	《사랑과 연합 0장》
위수정	《칠면조가 숨어 있어》
천희란	《작가의 말》
정보라	《창문》
이주란	《그때는》
김보영	《헤픈 것이다》
이주혜	《중국 앵무새가 있는 방》

정대건	《부오니시모, 나폴리》
김희재	《화성과 창의의 시도》
단 요	《담장 너머 버베나》
문보영	《어떤 새의 이름을 아는 슬픈 너》
박서련	《몸몸》
금정연	《모두 일요일이야》
박이강	《잡 인터뷰》
김나현	《예감의 우주》
김화진	《개구리가 되고 싶어》
권김현영	《수신인도 발신인도 아닌 씨씨》
배명은	《계화의 여름》
이두온	《돈 안 쓰면 죽는 병》
김지연	《새해 연습》
조우리	《사서 고생》
예소연	《소란한 속삭임》
이장욱	《초인의 세계》
성해나	《우리가 열 번을 나고 죽을 때》
장진영	《김용호》
이연숙	《아빠 소설》
서이제	《바보 같은 춤을 추자》
권희진	《일단 믿는 마음》
정이현	《사는 사람》
함윤이	《소도둑 성장기》
백세희	《바르셀로나의 유서》
이현석	《고백의 시대》
임솔아	《엄마 몰래 피우는 담배》
김유원	《와이카노》
백온유	《연고자들》

위픽은 위즈덤하우스의 단편소설 시리즈입니다.
'단 한 편의 이야기'를 깊게 호흡하는
특별한 경험을 선사합니다.

이 작은 조각이 당신의 세계를 넓혀줄
새로운 한 조각이 되기를.
작은 조각 하나하나가 모여
당신의 이야기가 되기를.

당신의 가슴에 깊이 새겨질
한 조각의 문학, 위픽

위픽 뉴스레터 구독하기
인스타그램 @wefic_book

와이카노

초판 1쇄 인쇄 2025년 7월 17일
초판 1쇄 발행 2025년 7월 30일

지은이 김유원
펴낸이 최순영

출판2 본부장 박태근
스토리 팀장 김소연
편집 곽선희 김다인 김해지
디자인 이세호

펴낸곳 ㈜위즈덤하우스 **출판등록** 2000년 5월 23일 제13-1071호
주소 서울특별시 마포구 양화로 19 합정오피스빌딩 17층
전화 02) 2179-5600 **홈페이지** www.wisdomhouse.co.kr

ⓒ 김유원, 2025

ISBN 979-11-7171-462-9 04810
       979-11-6812-700-5 (세트)

값 13,000원

- 이 책의 전부 또는 일부 내용을 재사용하려면 반드시 사전에
  저작권자와 ㈜위즈덤하우스의 동의를 받아야 합니다.
- 인쇄·제작 및 유통상의 파본 도서는 구입하신 서점에서 바꿔드립니다.